KB140828

세상의 모든 엄마는 예쁘다

예문아카이브

세상의 모든 엄마는 예쁘다

— 뽀얀 김은혜 지음 —

예듬아카이브

prologue

아이 몇 개월 되었어요?

(나에게는 관심이 없구나!)

아이는 두 돌 지났어요.

아이 이름이 뭐예요?

'꼬맹이'라고 불러요.

아이는 뭘 좋아해요?

바나나를 좋아해요.

세상의 모든 엄마는 예쁘다 ●

내가 이렇게
눈물이 많은 여자인지
미처 몰랐다.

　아이를 낳으면 호칭이 '이름' 대신 '누구 엄마'로 불리는 경우가 많고 모든 관심은 아이에게 쏠린다. 아이가 뱃속에 있을 때부터 몇 주 되었는지, 아이 이름은 지었는지, 아이는 잘 크고 있는지 묻는다. 출산 후에는 '여성'과 '모성' 사이에서 정체성의 혼란을 겪게 된다. 줄곧 '여자의 삶'을 살다가 한순간에 '엄마'가 되어 주어지는 막중한 책임이 무겁고 나의 삶이 없어질까 두렵기까지 하다. 임신은 기쁜 일이지만 나날이 달라지는 몸의 변화에 빠르게 적응해야 하고, 아이에게 해가 될 음식을 가려 먹어야 하고 몸이 아파도 마음대로 약을 먹을 수도 없어 많은 인내심이 필요하다. 출산 후에는 먹고 자는 기본적인 욕구마저 충족할 수 없게 되면서 자신의 존재 자체가 사라지는 것 같은 경험을 하게 된다.

　그래서 육아는 불안하고 외롭고 가끔 화도 난다. 이 책은 싱글 시절 어느 누구도 자세히 말해주지 않았고, 말해줬어도 1%의 공감도 안 되었을, 결혼 후 출산을 경험한 여자가 맞닥뜨린, 아빠는 죽었다 깨어나도 모르는 육아에 관한 이야기다. 육아는 보이지 않는 머나먼 지평선 너머의 길을 향해 걷는 것과 같다. 앞으로 어떤 길이 나타날지 이 길이 언제 끝날지 알 수 없다. 육아 관련 서적을 접하며 아이를 키우는 방법에 대해 대충 감은 잡을 수 있지만 명쾌한 해답이 있는 건 아니다. 공동 육아의 책임이 있는 남편은 저녁 9시가 넘어야 집에 들어와 아이가 자는 것만 보니 '공동육아'라는 말은 애초부터 성립이 안 된다. 독박 육아를 하면서 육아의 고충을 함께 나눌 사람이 절실했다. 출산 후 50일이 된 시점부터 시간이 날 때마다 '육아툰'을 그려 블로그와 인스타그램, 카카오스토리에 올리기 시작했다. 엄마라면 한 번쯤 겪어봤을 일상을 그림과 글로 표현하며 나에게 어떤 게 상처가 되었고, 어떤 게 위로가 되었고, 어떤 게 행복했는지 감정의 민낯과 마주했다. 내가 제일 힘든 것 같고, 알아주는 사람이 없어 외롭고, 갑자기 아이에게 버럭 하는 내가 괴물이 된 것 같고, 열심히 쌓아놓은 커리어가 깎이는 것 같아 서러웠는데 감정을 있는 그대로 토해내니 마음이 한결 가벼워졌다.

연달아 육아툰을 올린 어느 날, '요즘 많이 힘드신가 봐요. 힘내세요.'라는 댓글을 보고 엉엉 울었다. 내가 이렇게 눈물이 많은 여자인지 미처 몰랐다. 공감은 늘 옳다. 감정을 바른 방법으로 배설하고 공감을 받으면 스트레스 지수가 낮아진다. 나와 비슷하거나 나보다 더 고된 육아를 감당하고 있을 보통의 엄마들에게 이 책에 실린 그림과 글이 위로와 공감이 되었으면 좋겠다. 빛이 비쳐 반짝이는 잔물결처럼 엄마의 인생이 그 어떤 보석보다도 아름답게 빛나는 인생이기를 바란다. 그리고 엄마로서 짊어진 멍에를 내려놓고 여자로서 살아가길 기원한다.

좋은 엄마

아이가 성장하고 자기 것을 인식하게 되면서 자연스럽게 떼가 는다. 이럴 땐 단호하고 따끔하게 훈육한다. 아이를 잘 키우고 싶은 엄마의 마음은 똑같지만 아이랑 같이 지내다 보면 짜증이 올라와 큰소리치고 화를 주체하지 못해 폭발할 때가 있다. 사랑하면서 미워하고, 이해와 분노 사이에서 갈팡질팡한다.

아이가 3살이면 엄마 나이도 3살이다. 고작 3년 동안만 엄마의 역할을 했을 뿐이다. 이 나이면 당연히 엄마 노릇은 서툴고, 아이는 미성숙한 존재라서 힘든 게 당연하기 때문에 맞추어가는 시간이 필요하다. '오늘은 나쁜 엄마였지만 내일은 좋은 엄마 하면 되니까 괜찮아. 어느 날은 조금 덜 좋은 엄마, 가끔 좋은 엄마, 또 다른 어떤 날은 좋은 엄마가 되면 되지.' 이렇게 생각하자.

아이가 여기저기 쿵쿵 부딪힐 때 손으로 막아주며
잠이 올 때 마주 보고 누워 예쁜 자장가를 불러주고
꼬물꼬물 움직이는 발가락을 보며 함박웃음을 짓고
눈이 마주쳤을 때 함께 웃으며 진흙길이 나타난다 할지라도
그 길을 건널 수 있도록 힘이 되어주는 사람은 엄마다.

아이의 세상은 온통 엄마로 가득 차 있으며 엄마는 그 자체로 아이에게 소중하다. 좋은 엄마가 되기 위한 첫 시작은 서툰 나를 인정하고 내 모습 그대로를 아끼며 사랑하는 일이다. 아이는 완벽한 엄마를 기대하지 않으므로 어느 누구보다 자신에게 조금 더 관대해져도 된다. 반짝이는 생명을 세상 밖으로 나오게 한 엄마는 이미 가치를 인정받았으며 우리 모두는 참 괜찮은 엄마다. 이 세상 모든 엄마들에게 존경을 보낸다.

Thanks to

이 책이 나오면 제일 먼저 엄마에게 선물로 주고 싶었다. 평소 표현하지 못한 감사의 마음을 글과 그림으로 남겨, 아이를 낳고 키우면서 엄마 마음 많이 알게 되었다고 말하고 싶었다. 책이 나올 때까지 엄마의 건강을 지켜달라고 기도드렸지만 책 집필 도중 엄마가 돌아가셨다. ≪논어≫에서 공자는 누군가를 사랑하는 것은 그 사람이 살게끔 하는 것이라고 말했다. 엄마에게서 받은 사랑의 기억은 내게 큰 힘이 된다. 엄마는 내가 올바르지 않은 행동을 보일 때 부드럽게 타이르면서 잘못에 대해 생각할 시간을 주셨다. 일이 잘 안 풀리면 마음을 추스르고 걱정하지 말라고 했다. 힘든 시기를 긍정적인 태도로 꿋꿋이 이겨내려고 노력하면 해결될 거라고 응원해 주셨다.

엄마와 나는 연애 이야기까지 서슴없이 했고, 힘든 일이 있을 때면 한두 시간씩 통화를 했다. 엄마는 늘 열린 마음으로 내 이야기를 잘 들어주고 대화하기를 좋아하셨다. 꼬맹이가 말을 잘 안 듣기 시작하면서 '우리 엄마라면 어떻게 했을까?' 엄마의 훈육방식을 떠올린다. 꼬맹이와 나를 존재하게 한 우리 엄마. 슈퍼우먼처럼 뭐든지 잘했던 우리 엄마도 태어날 때부터 엄마는 아니었다. 누구나 그렇듯 시행착오와 우여곡절을 겪으며 키우셨을 것이다.

세상의 모든 엄마는 예쁘다

엄마가 된다는 건 무수히 많은 일들을 해냄으로써 여러 세대를 거쳐 사랑의 기억을 남기는 위대한 일인 것 같다. 기저귀를 수천 장씩 갈고, 봇물 터지듯 쏟아내는 아이의 투정을 감당하고, 매일 아침 퉁퉁 부은 손을 마주하는 육아의 고됨 속에서 '엄마도 너를 그렇게 키웠어'라는 엄마의 목소리를 떠올릴 것이다. 엄마를 닮아 온화한 엄마가 되기를 소망하면서…

딸의 출산 소식만큼이나 책 출간 소식을 기뻐하실 부모님께 이 책을 바친다. 책이 나오기까지 도움을 준 블루 기획의 김정미 과장님과 육아툰에 공감해주시고 응원해주신 많은 분께 진심으로 감사의 마음을 전한다. 그리고 눈에 넣어도 아프지 않은 귀여운 꼬맹이와 육아 전투를 함께하는 든든한 남편과 늘 좋은 길로 인도하시는 하나님께 감사드린다.

뽀얏, 김은혜

CONTENTS

2

육아

내 생애 봄날

3

세상의 모든 엄마는 워킹맘

엄마이기 전에 소중한 나

4

부부 & 아빠 육아

진정한 엄마 아빠로

5

부모님 생각

우리 엄마 아빠도 이랬겠지

1

품속에 날아든
생명의 소식

부족한 나를 사랑해주는 당신.

당신이 있어 힘이 납니다.

내 단짝이 되어주어 고맙습니다.

◆ 오늘도 내일도 보고 싶어

함께 오페라 유령을 보고 헤어진 후 수화기 너머로
'All I ask of you' OST를 부르며 "크리스틴~ 크리스티인~"을 외치며
목소리 낮추라고 말해도 올라가지도 않는 높은 음을
끝까지 부르며 삑사리를 내던 그.

품속에 날아든 생명의 소식 ●

특별한 걸 하지 않아도 즐겁고
오늘도 내일도 보고 싶었던 나날들.
둘이 함께여서 완벽했던 그때.

◆천생연분

품속에 날아든 생명의 소식 ●

남편을 '천생연분'이라 믿고 꿈을 꾸던 시간도 있었지만
원치 않은 싸움으로 상처를 준 시간도 많았다.
지나고 나면 사소한 일인데 일을 크게 만들고 불만 섞인 말들로 미움을 눈덩이처럼
불려놓았었다.
광활한 우주에 흩뿌려진 별들 중 마음 내려놓을 곳을 찾는 건 여간 어려운 일이 아
니다.
쿵짝이 잘 맞고, 나를 100% 아껴준 사람. 마음을 내려놓을 별을 만난 건 행운이다.

　　신이 그를 사랑해 나를 만드셨대요.
　　그가 혼자 외롭게 두지 않으시려고요.
　　신이 나를 사랑해 그를 만드셨대요.
　　내가 혼자 울도록 두지 않으시려고요.
　　나는 당신을 믿고, 당신은 나를 믿어요.
　　나는 당신의 것. 당신은 나의 것이에요.

심규선의 '신이 그를 사랑해'라는 곡을 듣고 있으면 사랑의 서약을 하던 날로 돌아간
다. 신은 각자에게 필요한 사랑을 붙여주셨다. 사랑은 둘이 함께 언제나 가야 하는 곳
이다.

　　'나의 별. 그대라는 별. 빛나는 별. 같은 꿈을 반짝이며 오래도록 함께해요.'

◆ 결혼은 잘한 짓

결혼하지 말라고 조언을 해주는 사람들이 많았다.

하기 싫은 일만 잔뜩이고,
하고 싶은 일은 못 하는 게
결혼이야.

결혼은 둘이 하는 게 아니야.
집안 대 집안이 하는 거야.
피곤해.

결혼해서 애 낳아봐.
10년만 지나면 사랑이
변할 때가 온다니까.

우리는 반댈세.

결혼하면 행복 끝,
불행 시작이야!
결혼은 족쇄라고!

내가 젊었던 시절로 돌아간다면
결혼 안 하고 혼자 살 거야.

그럼에도 난 결혼을 선택했다.

이쁘게 잘 살아.

결혼 축하해.

품속에 날아든 생명의 소식 ●

내가 생각하는 결혼의 목적은 하나.
더 사랑하기 위해서다.

결혼 전 '결혼하면 안 되는 이유'에 대해 수도 없이 들었다. 그럼에도 많은 사람들이 '연애' 대신 '결혼'을 선택한다. 내 사랑을 만나 새로운 가정을 꾸리고 단란하게 살고 싶어서다. 하지만 결혼은 결코 로맨틱하지 않다.

결혼과 동시에 관계는 확장되어 시댁, 친정, 아이 등 챙겨야 할 사람들이 많아진다. 싸움을 일으키는 대부분의 문제는 당사자들의 문제가 아니라 제3의 문제, 주변 사람과의 관계에서 발생하는 경우가 많은데, 대부분 육아, 시댁, 친정과 관련된 것들이다. 여기에 '돈 문제'가 섞이면 여느 싸움보다 격렬해진다.

우리 부부는 연애할 때 한 번도 안 싸웠는데 결혼 후에는 종종 다퉜다. 관계가 확장되면 생각할 것도 챙겨야 할 것도 많아지면서 의견 충돌이 생긴다. 하지만 싸우다 보면 상대에 대한 높은 기대치가 내려가며 서로의 부족한 부분을 그대로 인정해주기 위한 노력이 시작된다. 그것이 쌓여 배려하고 신뢰하는 법을 배운다. 손바닥도 부딪혀야 소리가 나듯 싸우게 된 원인이 내게도 있다는 것을 인정하면 나의 날카롭고 뾰족한 가시가 조금은 뭉툭해지기 시작한다. 행복한 결혼 생활에서 중요한 것은 서로 얼마나 잘 맞느냐보다 다른 점을 어떻게 극복해 나가느냐에 달렸다. 싸우는 과정을 통해 정서적으로 균형 잡힌 어른이 되어가는 것을 느낀다.

평생 서로를 책임져야 하기 때문에 '결혼'이 주는 무게는 연애의 달콤함보다 훨씬 무겁다. 그럼에도 '결혼은 잘한 짓'이다. 세상에 완벽한 사람은 없고 우리 모두가 불완전한데, 온전히 내 편을 들어주는 누군가가 있다면 얼마나 든든한가. 티격태격 싸우면서도 내 모든 것을 지지해주며 어려운 상황을 함께 헤쳐 나갈 평생의 친구가 있으니 참 좋다. 짐도 함께 짊어지면 더 가벼운 법이다.

토닥토닥

싸우고 화해하면서 어른이 돼요.

부부끼리 화가 나서 싸우고 다시 화해하고 우리는 이러한 과정에서 굉장히 많은 에너지를 사용합니다. 그래서 아예 싸우지 않는 것을 희망해요. 그러나 이러한 과정은 부부를 성장시키는 데 꼭 필요한 일이랍니다. '성장'이라는 열매를 위해 기꺼이 치러야 하는 대가인 셈이죠. 싸움과 화해의 과정을 거쳐 서로에 대해 인정하고 이해할 수 있게 될 거예요.

두근두근, 콩닥콩닥

임신하거나 아이가 있는 엄마들만 눈에 들어온다. 부럽다...

한약도 지어먹고 몸에 좋다는 건 다 해 본 것 같은데... 소용없다.
난임을 겪어본 사람은 안다. 생리 예정일에 보는 빨간 피가 얼마나 싫은지...

올해 안 생기면
난임 병원 가서
검사받아봅시다.
너무 걱정 말아요.

언젠가 우리에게도
아이가 찾아오겠죠?

그로부터 1년 후, 난임 병원을 다니던 중 아이가 찾아왔다.
너무 기뻐서 눈물과 콧물이 범벅이 된 상태로 펑펑 울었다.

품속에 날아든 생명의 소식 ●

결혼 초 1년 이상 자연 임신을 시도했으나 안 되었고, 이후 날짜 맞추어 시도하면 생기겠지 했는데 3년이 지나도록 아이가 생기지 않아 난임 병원을 찾아갔다. 착상에 방해가 되는 자궁 근종 절제술과 나팔관 조영술을 받은 후 우리 부부에게 아이가 찾아왔다.

결혼 5년 만에 찾아 온 너무나 귀한 아기. 임신테스트기 두 줄에 얼굴은 눈물과 콧물로 범벅이 되었다. 며칠 뒤 자궁벽에 조그만 점으로 자리 잡은, 손톱보다 더 작은 형체의 심장 소리를 들었을 때는 심장이 쿵 떨어지는 것만 같았다.

난생처음 들어보는 태아의 심장 소리.

'콩닥콩닥'

엄마 아빠에게 찾아온 고귀한 생명의 울림.

아직 작아서 느낄 수도 볼 수도 없지만 내 안에 두 개의 심장이 뛰고 있다.

귀여운 심장 소리를 반복해서 들으며 과연 나는 부모가 될 준비를 마쳤는지 되물었다. 우리 부부는 아이가 아홉 달 동안 뱃속에서 안전하게 잘 자라고, 우리가 귀한 생명을 잘 돌볼 수 있는 지혜를 달라고 두 손을 모아 기도드렸다. 난임이라는 아픔을 겪어보니 아이를 임신하는 일이 힘들지만 영예로운 일을 해낸 기분이다. 생명 안에 또 다른 생명이 자라고 있는 마법. 서로의 숨결, 서로의 살갗을 맞대고 있다는 게 이렇게 새로울 줄 몰랐다.

토닥토닥

아기의 첫 심장소리, 표현할 수 없는 감정이에요.

임신테스트기의 두 줄을 보고 기대하는 마음으로 찾은 병원에서 콩닥콩닥 아기의 첫 심장소리를 듣는 순간! 그 순간 엄마는 매우 복잡한 심경이 됩니다. 낯설기도 하지만 가슴 저 아래쪽부터 벅차오르는 느낌, 엄마만 느낄 수 있는 감정이에요. 실감이 나지는 않지만 아기의 존재를 받아들이고 연결됨을 느낍니다.

◈입덧인가? 먹덧인가?

임신 10주 차. 갑자기 뱃멀미하는 것처럼
속이 울렁거리더니 토가 나올 것 같아
화장실로 뛰어갔다.

토를 많이 해서 역류성 식도염이 생겼다.
속이 안 좋아 하루 종일 누워 있었다.

우웩
우웩

으으~
목도 아프고 배도 아파.

남편이 사 온 '입덧 약'도 먹고
'입덧에 좋다는 음식' 위주로 챙겨 먹었다.
시큼하고 상큼하고 얼큰하고 매콤한 게 당겼다.

'토덧'이 끝나고 '먹덧'(속이 비어 있으면 안 되
는 입덧)이 시작되니 먹을 때는 행복하다가
먹고 난 후엔 살찌는 것 같아 우울해졌다.

아~
색시, 아~
아가야, 이거 먹고
엄마 힘들게 하지 마.
아빠 속상해.
탄산수
오렌지
냉면   바나나   비스킷

(먹으면서) 나 돼지 같지?
뚱뚱해지는 것 같아.
아냐. 세상에서
색시가 제일 이뻐.
오물
오물

임산부가 아이를 품은 뒤 겪는 과정 중에 하나. 입덧!

드라마에서 '우웩'하며 화장실로 뛰어가 토하는 모습이 입덧의 전부인 줄 알고 30년 넘게 살았는데, 막상 '입덧'을 경험해보니 울렁거리는 증상만 있을 때도 있고, 토하고 싶을 때도 있으며, 시큼한 음식이 계속 당길 때도 있다.

모든 엄마가 '입덧'을 경험하는 것도 아니고 증상이 살짝 나타나다가 사라져 버리는 경우도 많다.

나는 '입덧'과 '먹덧'이 동시에 나타나 어떤 날은 음식이 입에 안 맞고 냄새조차 역겨워 하나도 못 먹을 때가 있고, 어떤 날은 특정 음식이 당겨 너무 잘 먹는 날도 있었다. 계속 먹고 먹으니 몸이 거대해지는 것 같아 우울한 적도 많았다. 너무 많이 토한 날은 기운도 없고 하루 종일 속이 쓰려 침대에 누워만 있었다.

'우리 아이만 건강하다면 이것쯤이야 참을 수 있다.' 이 마음으로 버텼다.

임신 13주가 되니 입덧 증상이 서서히 사라졌다. 그동안 먹지 못한 음식을 가리지 않고 먹다 보니 조금씩 늘던 몸무게가 확 늘었다. 내 생애 몸무게에 이렇게 예민했던 적이 별로 없는데… 막달까지 12kg만 찌우겠다는 새로운 목표가 생겼다.

토닥토닥

입덧은 유전일까요?

결론부터 말하면 유전인지 아닌지 확실하게 보고된 바가 없습니다. 엄마와 똑같은 양상을 보일 수도 있지만 그렇지 않을 수도 있어요. 엄마가 입덧이 심했을 때 딸도 그럴 확률이 약 3배가량 높다는 연구 결과가 있기는 하지만 정확하게 보고된 것은 없습니다. 입덧은 아이가 엄마에게 잘 있다는 신호를 보내는 과정 중 하나이니 편안한 마음을 가질 수 있도록 노력해주세요.

◆ 임산부 배려석

초기 · 중기 임산부는 배가 많이 나오지 않아 겉모습으로는 눈치채기 어렵다.

척추와 골반 통증으로 서 있기 힘든 상태였는데
임산부 배려석에 앉아있던 남성분이 내가 임산부임을 눈치채고 자리를 양보해주었다.

임산부 지정석은 아니지만 임산부를 배려하기 위해 만든 핑크색 자리.

내일의 주인공이 안전하게 갈 수 있도록 비워 두는 건 어떨까요?

임산부로 살면서 새롭게 알게 된 것이 많은데, 그중 하나가 배가 본격적으로 나오는 시기가 임신 5개월(20주 차) 전후라는 사실이다. 임신 기간은 평균 38주로 10개월이다. 개인차가 있겠지만 보통 임신 5개월(20주 차)까지는 배가 많이 나오지 않으므로 임산부인지 겉모습만으로는 쉽게 알기 어렵다. 요즘은 막달인데도 티가 잘 나지 않는 임산부들도 많고, 특히 겨울철은 크게 나온 배도 두꺼운 외투에 가려져 보이지 않는 경우도 있다. 임신 초기는 배가 나온 중기보다 유산의 위험이 있어 정말 조심해야 할 시기이고, 입덧으로 가장 고생하는 시기이다.

보건복지부에서 2016년에 발표한 〈임산부 배려석 인식도 조사〉에서 가장 많은 수를 차지한 답변 1위는 '임산부인지 몰랐어요.'이다. 나 또한 그랬다. 배 나온 임산부가 보이지 않으면 임산부 배려석에 앉기도 했다. 배가 나오지 않아도 임산부일 수 있다는 사실을 잊고 있었다. 사람은 직접 겪어봐야 안다. 20주가 되니 배 나오는 속도가 빨라짐을 느꼈고 임신 22주 차가 되니 '아— 이렇게 아프면 한 발짝도 못 걷겠구나.' 싶을 정도로 허리와 골반이 아파왔다. 배가 자꾸 앞으로 쏠리다 보니 배를 내밀고 몸을 뒤로 젖히는 자세를 취하는데, 이 자세가 등뼈와 골반에 부담을 주어 통증이 더욱 심해졌다. 허리 복대를 차야 생활이 가능했고 걸을 때 남편의 손을 꽉 붙잡고 천천히 걸어야 했다.

'잠깐만…. 내가 지금 겪는 통증. 나이 든 어르신들의 통증과 비슷할지도 몰라.'
빠르게 걷지 못하는 어르신들 뒤에서 답답해했던 나. 허리 통증으로 거동의 불편함을 경험하고 보니, 지하철에서 자리가 나면 밀치고 들어가 앉는 어르신의 모습 이면에 통증이 있었을 것이라 생각하게 되었다.

배려는 경험과 앎에서 시작된다. 핑크색 임산부 배지를 가방에 달지 않고 노약자석에 앉았을 때 날카로운 시선도 받아 봤고, 가방에 임산부 배지가 잘 보이게 달았음에도 불구하고 임산부 배려석을 양보받지 못한 경험도 있다. 반대로 너무나 친절하게 자리를 양보받은 경험도 있다. 모두의 생각이 다르고 이해의 폭이 다르므로 '임산부 배려석'에 대한 시각도 제각각일 것이다. 지정석이 아니기에 비워두거나 자리를 양보할 의무는 없다. 하지만 이름에서 알 수 있듯이 임산부를 배려하기 위해 만든 것임은 틀림없다. 또한 임산부 배려석은 임산부만 배려하는 것은 아니다. 좌석 뒷면 벽에 붙어 있는 픽토그램 스티커에서 알 수 있듯이 몸이 불편하거나 아이를 동반한 사람들도 앉을 수 있다.

'임산부 배려석'을 만든 취지를 이해했다면, 배려의 미덕을 보여주는 건 어떨까? 좋은 취지로 만든 임산부 배려석이 제구실을 할 수 있도록 따뜻한 양보가 실천되기를 기대한다.

토닥토닥

배려는 경험에서 자연스럽게 나와요.

배려, 공감, 이해와 같은 덕목들은 타고나는 것이 아니라 자신의 경험을 바탕으로 얻어집니다. 그렇기 때문에 배려받는 경험, 공감받는 경험, 이해받는 경험은 많이 경험해야 하는 것이지요. 임산부가 되면 혼자 서 있기도 힘들 정도로 배와 허리의 통증을 온몸으로 경험하게 됩니다. 대중교통을 타면 서서 가는 임산부가 있을 수 있다는 생각을 가지고 가방에 달린 임산부 배지를 못 보고 있는 것은 아닌지 확인해주세요. 엄마 뱃속에서 자리 잡은 소중한 생명이 안전하게 자랄 수 있도록 배려를 해주세요.

내 안에 작은 정원

태어나기 전부터 아이는 '사랑'입니다.
생명의 신호를 온몸으로 느끼며 신비한 사랑의 싹을 틔워
'머루꽃'같이 조그맣던 아이가 '장미꽃'만큼 커졌습니다.

배에 손을 대고 "우리 아기, 잘 있나요?"라고 물으면
쿵쿵 소리를 내며 "엄마, 나 잘 있어요."하고 반응합니다.

"우리 아기, 많이 컸네요."하고 칭찬하면
발차기하며 재롱을 부립니다.

내 안에 작은 정원에는 예쁜 꽃이 무럭무럭 자랍니다.

토닥토닥

아빠의 목소리를 들려주세요.

임신 초기는 아기의 신체가 형성되는 시기이고, 임신 중기가 되면 아이가 쑥쑥 자라는 시기입니다. 이미 아기의 신경계를 포함한 모든 부분이 형성되어 있기 때문에 뱃속의 아기와 교감하는 시간이 중요해져요. 그것이 바로 '태교'지요. 특히 중저음의 아빠 목소리를 들려주는 태담 태교는 뇌기능을 발달시키고, 아빠와의 애착 형성에 도움을 줍니다. 하루에 5분이라도 아기에게 아빠의 목소리를 들려주세요.

◆막달

가랑이 부분에 찌릿한 통증이 지속되고 배 뭉침이 자주 나타난다.
진통 올 때를 대비해 출산 가방을 미리 싸 둔다.

방향을 돌려가며 누워도 편한 자세가 안 나와 잠을 설친다.

품속에 날아든 생명의 소식 ●

몸이 무거워 움직이기도 힘들지만 순산을 위해 운동한다.

항문 쪽이 묵직해 대변보고 싶은 느낌이 불규칙적으로 온다.
가진통을 겪으며 진진통을 기다린다.

임신 40주 차

출산이 코앞! 극도의 긴장과 설렘이 교차해서 나타난다.

임신 37주 차는 첫 내진이 있는 날이라 유독 긴장되었다. 내진을 통해 골반 크기와 자궁의 이상 유무를 체크한다. 초음파도 함께 보았는데 기특하게도 아기의 몸무게가 0.35g이나 늘어 있었다.

"어머니, 골반 크기 보통이고요. 손가락 하나가 들어갈 정도로 자궁문이 벌어져 있어요. 칼슘과 단백질 위주로 잘 챙겨 드세요. 이대로 잘 자라주면 유도분만 없이 진통 올 때 자연분만으로 낳을 수 있겠어요. 미리 출산 가방 싸 놓으세요."

37주에서 40주는 아이가 언제든 나올 수 있는 시기이고 진진통이 올 수 있으므로 병원 갈 준비물을 미리 챙겨 놓아야 한다. 임신 39주 차가 되니 질 분비물이 많아지고 배 뭉침이 자주 찾아와 저녁에 잠을 설치고 방귀가 시도 때도 없이 나왔다. 의사 선생님은 아기가 작다고 운동을 하지 말라고 했지만 출산이 두려워 골반을 유연하게 해주는 스트레칭과 운동을 계속했다. 출산 예정일이 지나도 나올 생각을 안 하는 아기. 임신 40주까지 아무 소식도 없다가 2일 뒤 출산 임박 신호가 왔다. 빨간 이슬이 비치고 짧지만 규칙적인 간격으로 진진통이 왔다.

'아가야. 너는 잉태할 때부터 어떻게 나와야 하는지 알고, 뱃속에서 나오는 날도 스스로 정한다지? 드디어 방 뺄 마음이 생겼구나. 우리 잘할 수 있을 거야. 엄마가 온 힘을 다해 한방에 낳아 줄게. 조금만 아프자.'

토닥토닥

규칙적인 심호흡을 연습해요.

출산이 임박하면 아기를 만날 기대감과 더불어 출산 과정에 대한 불안감이 함께 높아집니다. '아기가 건강하게 태어나야 할 텐데..', '아기가 힘들지 않아야 할 텐데..', '너무 아프면 어쩌지?' 이 모든 불안감이 엄마의 몸을 긴장시켜 출산 과정을 더 힘들게 합니다. 규칙적인 심호흡을 계속 연습하는 것이 도움이 됩니다. 그래야 아이도 온 힘을 다해 세상 밖으로 나올 수 있답니다.

◆ 출산 후 간식

아기와 마주한 첫 순간.
정말 감격이었다.

오전 7시 24분에
태어났습니다.

진짜 조그맣다.
내가 아기를 낳다니...

꼬르륵

아기 낳느라 고생 많았어요.
뭐 먹고 싶은 거 있으면 말해요.

너무 맛있다.
남편도 같이 먹어요.

인절미!

오물

오물

출산 후 먹는 첫 끼. 진짜 꿀맛.

품속에 날아든 생명의 소식 ●

남편에게 부탁한 간식도 먹을 예정.

간식 사왔어요.

남편 왔어요?

아기 낳은 소식.

카톡으로 알리는 중...

남편이 사온 아이스크림 때문에 한동안 속사포 랩을 구사했다.

인절미는요?
아이스크림을 왜 이렇게
많이 샀어요?

차가운 건 당분간
먹으면 안 돼요.

내가 예전에 말했잖아요.
산후조리할 때 아이스크림은
안 된다고.

색시가 즐겨먹던
아이스크림으로
골라왔어요.

인절미는 마감돼서
못 샀어요.

덥다고 해서~ ㅠ.ㅠ

이곳은 시베리아.

여름이라도 산후조리를 위해
몸을 따뜻하게 해줘야 하는 건
상식 중에 상식 아닌가요?

색시. 미안해요.
내가 다 먹을게요.

오들
오들

품속에 날아든 생명의 소식 ●

일 년 중 가장 더운 8월. 꼬맹이를 만났다.

몸을 차게 만드는 음식을 먹으면 산후 회복에 좋지 않아

아이스크림을 사 온 남편에게 산후조리란 무엇인가에 대해 한참을 연설했다.

산후조리에 대해 공부하지 않았다면 덜컥 먹어버렸을지도 모르겠다.

아이스크림을 정말 좋아했었으니까.

토닥토닥

출산 후에는 찬바람과 찬물 샤워를 조심해요.

우리나라의 전통적인 산후조리는 계절에 관계없이 몸을 따뜻하게 하고 찬 음식을 피하며 외출을 삼가지
요. 그러나 세월이 많이 바뀌어서 음식은 아기와 산모를 위해서 조절이 필요하지만 샤워 금지나 몸을 싸매
는 것과 같은 금기사항은 많이 완화되었어요. 그래도 출산 후에는 몸이 매우 약해져 있기 때문에 찬 기운을
조심하는 것이 좋아요. 여름에 출산한 경우 너무 더운 날에는 에어컨이나 선풍기를 틀어도 괜찮아요. 다만,
바람을 직접적으로 맞지 않는 것이 좋기 때문에 얇은 긴팔을 챙겨 입는 것이 좋아요.

🔷 신기해

아~ 작다. 훗날 우리 꼬맹이 손이
엄마 손보다 커지겠지?

요 쪼꼬미가 내 뱃속에 살았단 말이야?

옆에 나란히 누워 얼굴을 마주하고 있는 꼬맹이.
보면 볼수록 신기하다. 언제쯤 실감이 날까?

임신 후 개월 수가 지남에 따라 '작은 콩'만 했던 꼬맹이는 '딸기'만 해졌고 '딸기'에서 '사과'로, '사과'에서 '수박'으로 그 크기가 점점 커졌다. 출산의 고통을 표현하는 비유들 중 수박이 똥꼬에 끼었는데 그걸 밀어내는 것 같다는 표현은 지금도 잊히지 않는다. 막달이 다가와 출산 후기를 읽으며 10cm 이상 벌어진 '자궁구'를 통해 아기가 나오는 고통을 간접 체험했던 그날의 기억들이 아직도 생생하다.

이런 겁쟁이가 6개월 전에 아기를 낳았다. '산'만 했던 배는 거의 다 들어갔고, 몸매도 예전의 모습으로 돌아왔다. 내 옆에서 코를 벌렁이며 새근새근 잠든 하나의 생명체. 작디작은 손과 발이 너무나 앙증맞은 사랑스러운 나의 분신이다.

내가 엄마가 되었다는 사실이 아직까지 실감이 잘 안 난다. 얼굴을 마주하고 누운 꼬맹이를 바라보면 그저 신기하기만 하다.

토닥토닥

산고의 고통, 참을만해요.

산고의 고통은 엄마에게도 잊지 못할 기억이자 아기에게도 매우 험난한 과정입니다. 아기가 좁은 자궁구를 통해 밖으로 나올 때 받는 스트레스는 매우 높다고 합니다. 이 과정에서 받은 스트레스가 아기가 세상에서 살아갈 때 좌절을 견디는 힘이 된다는 가설도 있어요. 자연분만이 엄마에게도 아기에게도 좋다는 것은 이러한 점도 포함되어 있는 것이지요.

2

육아

· ·

내 생애 봄날

아가야. 너에게 무언가를 줄 수 있다고 느낄 때

엄마는 이상하게도 힘이 나.

엄마 눈에 너는 향기로운 꽃보다 예쁘고

반짝이는 별보다도 예뻐.

엄마는 네가 정말 좋아.

정기검진

출생 후 처음으로 검진을 받으러
소아과에 가는 날.

'정상입니다.' 의사 선생님의 말씀을
듣고서야 한시름 놓는다.

아픈 데는
없겠지?

애가 똥을 염소똥처럼
싸요.

얼굴에 빨간 뾰루지가
많아요.

코가 막혀서 숨을
잘 못 쉬는 것 같아요.

자, 이제 B형 감염
예방 접종 맞자.

금방 끝나니까
조금만 참아.

으엥~~~

주사 맞은 후 조금 울다 마는 꼬맹이.

흐으~~ 힝~

아플 텐데 아기가
잘 참네요.

고생했어. 꼬맹이

방긋

태어난 지 한 달 밖에 안 되었지만
엄마 생각보다 의젓하고 강하다.

혹시나 바람이라도 들어갈까
꽁꽁 감싼 속싸개 안에서 얼굴을 빼꼼 내밀고
반짝이는 눈으로 엄마를 쳐다보는 아기를 보면 여전히 신기하다.

하품하고, 밥 먹고, 트림하고, 자고 싸는 게 일상인 아기
겉으로 아무 탈 없이 잘 자라고 있었지만
소아과 선생님을 만나니
사소한 부분까지 묻게 된다.
"얼굴에 뭐가 났어요. 땀띠인가요?"
"하루에 응가를 서너 번씩 해요."
"하루 종일 손가락을 입에 넣고 쪽쪽 빨고 있어요."
뭐 이런 것까지 물어보나 싶기도 하지만
하나부터 열까지 아이에 관한 것이라면 다 궁금하고 조심스럽다.

엄마의 속사포 같은 질문에 익숙한 듯
"괜찮습니다."라는 의사 선생님의 짧은 한마디에 안심하는
나는 초보 엄마다.

토닥토닥

엄마는 누구나 처음이에요.

초보 엄마에게 꼭 필요한 말이 있습니다. '모르는 것은 죄가 아니다.' 엄마 노릇을 연습하고 엄마가 되는 사람은 없습니다. 누구에게나 처음은 낯설고 어설프고 실수투성입니다. 매우 당연하지요. 그래서 모르는 것은 꼬치꼬치 묻는 태도가 필요합니다. 선험자의 경험과 전문가의 도움이 필요한 때입니다. 단, 인터넷과 카페 등에서 흔히 '카더라'고 불리는 정보는 선별해서 보세요.

◈ 부러움의 대상

인스타그램 보는 중

(나의 시점)

동생은 아기 데리고 단풍 구경 갔네.

♡ ○ ▽

부럽다...

아기가 크니까 같이 여행 다녀서 좋겠다.
우리 꼬맹이는 언제쯤 뒤집기 하고 앉고 걸을까?

인스타그램 보는 중

(동생의 시점)

언니는 아기 재우고 그림 그리고 있네.
우리 조카. 쪼그맣고 진짜 귀엽다.
저 때가 편했어.

아기가 좀 크니까 보는 것마다
만지고 때리고 부수고 정신이 하나도 없네.
무겁기도 하고. 누워 있을 때가 그립다.

임신하기 전에는 배부른 산모가 부러웠고
임신 후 배가 불러오니 출산한 산모가 부러웠고
이제는 돌 지난 아이를 키우는 엄마가 부럽다.

욕심내지 말고 가진 것에 감사하며 살아야지.

꼬맹아,
건강하게만 자라다오.

내가 색시를 잘 아는데~
과연?

신생아를 키우는 산모들이 가장 궁금해 하는 질문 중 하나가
아기와 외출할 수 있는 시기이지 않을까 싶다.
아기가 50일쯤 되니 산책하고 싶은 마음이 슬금슬금 올라온다.
집에만 있으려니 백일 된 아기를 데리고 산책하는 엄마들이 부럽다.
밖에 나가 바람도 쐬고 쇼핑도 하고 여유롭게 책도 읽고 싶다.

50일 된 아기와 일찍 외출한 엄마가 있는지 인터넷으로 찾아보며
위험한 도전을 한 그들의 용기에 대리만족을 느낀다.

동생은 "아기가 어릴 때는 잠을 많이 자기 때문에 언니가 그 시간에 다른 일도 할 수
있고 쉴 수 있는 거야. 뭘 부러워 해. 좀만 커봐. 아기랑 놀아주느라 정신없어. 그때가
편하고 좋은 때야."라고 말하며 부러워한다.
반대로 나는 갇혀 있지 않고 마음껏 돌아다닐 수 있는 동생이 부럽다.
상황에 따라 부러움의 대상이 달라지나 보다.

토닥토닥

어떤 선택도 참 좋은 선택입니다.

우리의 인생은 매번 선택의 연속입니다. 이것을 선택하면 선택하지 않은 것에 대해 '더 낫지 않을까', '이 선
택이 잘못된 선택이면 어쩌지?'라는 고민을 해요. 그런데 모든 선택에는 장점과 단점이 존재합니다. 항상
나의 선택에서는 단점이 보이고 다른 사람의 선택에서는 장점만 보인다면 우린 참 힘들겠죠? 저마다의 장
점과 단점을 잘 살펴보고 결정한다면 그 어떤 선택도 참 좋은 선택입니다. 다른 사람이 처한 상황에서는 또
그마다의 어려움이 있지요.

◈ 엄마의 취미 생활

찰칵

삐약삐약, 노란 병아리 같네.

찰칵

깡충깡충 토끼야, 뛰어 보자.

찰칵

우리 꿀꿀이, 배고파요?

찰칵

우리 곰돌이, 어쩜 이리 동글동글 귀여울까?

인스타에 사진 올리는 중.
남편이 하는 이야기는 안 들림.

#육아스타그램 #세젤귀 #도치맘
#귀여워 #아들맘

애가 커서
사진보고 뭐라고 할까?
'나 가지고 장난친 거야?'라고
신경질 낼 수도 있어요.
근데 사진 잘 나왔어요?

곧 찍을 '벌' 콘셉트 옷.

내 생애 봄날 ●

아기를 낳기 전에는
이렇게까지 자식 자랑을 하고 싶을까 싶었는데
오늘도 인스타그램에 접속 중….

잘 자라고 있는지 묻지 않아도
건강하게 자라고 있음을 자랑하고 싶고,
어떻게 생겼는지 관심 갖지 않아도
귀여운 모습을 보여주고 싶은 게 엄마의 마음인가 보다.

오늘은 또 무슨 사진을 올려볼까?
어떤 콘셉트가 좋을까?

토닥토닥

쉴 새 없이 아이의 사진을 찍어 자랑하고 싶은 마음 알아요.

내 아이가 세상에서 가장 예쁘고 똑똑한 것처럼 느껴지는 것은 너무나 당연하지요. 그 모습은 앞으로 다시 볼 수 없을 것이라 기록으로 남겨놓는 것은 의미 있는 일입니다. 그런데 사진을 찍는 동안 아기는 엄마의 상황을 이해하기 어렵답니다. 영아기는 아기의 반응에 즉각적으로 반응해주는 것이 꼭 필요하기 때문에 사진을 찍느라 아기에게 반응할 일생일대의 기회를 놓친다면 안타까운 일이지요. 아기가 무언가 몰입해 있을 때나 잠자는 모습 등은 촬영해도 되겠죠?

◆ 결국

출산 후 90일.
제법 출산 전 몸으로 돌아왔다.

배가 많이 들어갔네.

내 리즈 시절 입던 옷.
지금 입어도 괜찮겠지?

흣~

오랜만에 외출이라
예쁜 옷을 고르고 고르지만

둘 다 예쁜데...

결국 선택한 옷은 면 티에 청바지.
우리 아가 침이 묻고 분유를 흘려도
아무 상관없는 옷이 최고!

꼬맹아.
엄마 편한 옷 입었다고
저번처럼 옷에
분유 다 토하면 안 돼요.

내 생애 봄날 ●

아줌마처럼 보이기 싫은데
어떤 옷을 입고 나가지?

이 옷 저 옷을 꺼내 몸에 대보며 한동안 고민하다가
결국 고른 옷은 활동하기 부담 없는 면 티와 청바지.
아이와의 외출엔 활동성 높은 옷이 최고!

아기를 데리고 다니면 제일 많이 듣게 되는
'어머니'라는 호칭이 아직도 많이 낯설다.
맞다, 나 엄마 되었지?
아직은 '아가씨' 소리를 듣고 싶은 걸까?
그 마음이 완전히 사라지는 날이 올는지.

앞으로 '어머니'도, '○○이 엄마'도 아닌
내 이름으로 불리는 일은 점점 더 줄어들겠지.
누군가 한 사람이라도 내 이름을 기억해 주면 좋겠다.

토닥토닥

'OO의 엄마'로 불리는게 싫을 때도 있어요.

우리는 사춘기를 거쳐 '자아정체성'이라는 것을 형성합니다. 자신에 대한 상을 형성하는 것이지요. 당연히
가장 기본적인 이름을 통해 자신의 정체성을 형성하기 시작합니다. 아기가 태어나고 아기 중심으로 돌아
가다보면 내가 가졌던 정체성에 대해 희미해지는 불안을 느껴요. 내가 나의 이름을 많이 불러주면 어떨까
요? 'OO야. 오늘도 참 멋졌어. 넌 참 잘 해내고 있어.', 'OO야. 오늘 힘들었을 텐데 잘 버텼구나.'

◆바다 물결 ✦

엄마 품에 얼굴을 파묻고 잠든 우리 아가.
어쩜 이렇게 예쁠까!
엄마는 푸른 바다를 품은 것 같아.

코오~ 자자. 우리 아가.

내 생애 봄날 ●

쌔근쌔근 숨소리가 잔잔한 물결이 되어 별들을 흔들지.
혹시 놀라 깨는 건 아닌지 한동안 지켜보다가
깊이 잠든 너를 보고 그제야 엄마도 잠든단다.

우리 아가. 잘 자고 내일 봐.
쪽~

쌔근 쌔근~
너의 숨소리,
바다 물결이
일렁이는 것 같아.

네가 무서울 때가 있어

잠든 꼬맹이. 곤히 자다가
한쪽 입꼬리를 올려 웃는다. 그것도 자주!

호호호~

의미 없는 배냇 미소구나.

못 알아듣는 외계어로 계속 말을 건다.

이우~ 옹알옹알~

으어오~

오아~

어우~

교어~

알아들을 수 있으면 좋겠어.

아픈 소리를 내길래 열 체크를 해보았다.
정상이다.

으으으~켕.

이건 가래 끓는 소리인데...

잠들기 전 실눈 사이로 검은 눈동자가
위로 올라가 흰자위가 많이 보인다.

꿈뻑 희번득
꿈뻑

밤에 이러면 좀 무서워.

100일도 안 된 아기이지만 다양한 얼굴 표정이 있다.

입을 앞으로 삐쭉 내밀며 쪽쪽~ 소리를 내다가
한쪽 입을 위로 올려 실룩이며 웃고,
흐으으~ 흐느끼다 다시 잠들고,
쩝쩝 소리를 내다가 어디가 아픈지 케켕~ 하며 끙끙거린다.

눈이 뒤집혀 흰자위가 많이 보일 때
어디 아픈 게 아닌지 당황스러웠는데
잠이 들려할 때 흔하게 볼 수 있는 현상이라고 하니 다행이다.

요 오~ 이아오~ 알아듣지 못하는 언어로 옹알이를 할 때면,
뭐라고 하는지 알아듣고 대답해주고 싶은 생각이 간절하다.
옹알이도 이렇게나 사랑스러운데
'엄마, 아빠'라고 조그만 입으로 말하기 시작하면 얼마나 예쁠까?

토닥토닥

아기의 첫 소리를 '쿠잉' 이라고 해요.

'쿠잉'은 입을 쩝 다시는 입 구조에 의해 나타나는 소리입니다. 그 다음 나타나는 것이 바로 '옹알이'입니다.
옹알이가 언어의 시작이라고 볼 수 있습니다. 옹알이가 나타나면 눈을 맞추고 장단을 맞춰주는 엄마의 반
응이 매우 중요합니다. 아기는 옹알이에 반응하는 엄마, 아빠의 모습을 보고 내 존재가 매우 의미 있는 존
재임을 느끼게 되거든요.

◈ 엄마 냄새

나비야, 이리온.

귀 쫑긋

펄럭 펄럭

코 킁킁

엄마 품에 쏘옥.

귀여운 날개를 펄럭이며
가슴에 달라붙은 꼬맹이를
두 팔로 감싸 꼬옥 안아준다.

쿵쿵 '엄마 냄새'를 맡더니 금세 잠이 든 꼬맹이.
배에서 꿀렁꿀렁 소리가 나니
입꼬리를 살짝 올려 미소 짓는다.
뱃속에 있던 시절이 생각난 걸까?

꼬맹이의 기억 속에 있는 엄마 냄새는 어떤 거니?
달콤한 초코향? 새콤달콤한 딸기향?
너를 미소 짓게 하는 엄마 냄새.

토닥토닥

많이 안아주세요.

애착에서 가장 중요한 것은 신뢰감 있는 존재의 '감각적 접촉'입니다. 후각은 뱃속에서부터 이미 아기에게 각인된 친숙하고 안정된 감각입니다. 후각적으로 가까이 가려면 엄마의 촉각적 접촉과 함께 해야 해요. 아기는 촉각과 후각으로 안정감을 느끼게 됩니다.

◆ 허술한 식사

홈서비스로 주문한 햄버거 세트

어제 먹다 남은 김밥

내 생애 봄날 ●

홈서비스로 자주 시켜먹게 되는 햄버거 세트와 김밥, 떡볶이.

이렇게 부실하게 먹어도 될지 걱정이 되지만 정해진 식사 시간이 없으므로 시간 될 때 뭐라도 먹어두는 게 최선이다.

아기에게 쭈쭈 먹이는 시간은 3시간 텀이므로 아기가 자는 자투리 시간을 이용해 재빨리 먹고 쭈쭈를 유축해 놔야 한다. 유축하는 데 걸리는 시간은 대략 1시간이다. 유축할 때 의자에 앉아 새우잠을 자고 아기가 깨면 1시간가량 쭈쭈를 먹인다. 아기 등을 쓸어내리며 트림시키고 다시 재우고 나면 1시간이 훌쩍 지나버린다. 그리고 다시 유축할 준비를 한다. 먹을 시간도 쉬는 시간도 부족하다. 찰나의 시간을 알차게 활용할 지혜가 필요한 시점이다.

토닥토닥

많이 안아주세요.

이 시기 엄마의 우선순위는 아기이기 때문에 청소, 음식, 빨래와 같은 집안일을 챙기기 어렵습니다. 이때는 엄마가 아기에게만 집중할 수 있도록 주변의 도움이 절실해요. 평일에 도움 받기가 힘들다면 주말에 남편이 아기를 봐줄 수 있을 때 엄마를 위한 음식(영양이 고른 주먹밥, 죽, 떡 등)을 미리 준비해 냉동해 두었다가 바로 데워 먹을 수 있도록 하는 것이 좋습니다. 샐러드나 야채도 미리 잘라 한 번 먹을 만큼 냉장고에 넣어 두고 소스만 뿌려 먹을 수 있도록 준비해 두세요.

◈ 머리카락 빠짐

출산 후 너무 많이 빠지는 머리카락 때문에 '골룸'이 되어가고 있다.
이 정도면 하루에 가발 하나씩 만들 수 있겠다. 웃픈 상황.

마이 프레셔스.
머리카락.

빠진 머리카락.

바닥에 한가득~

출산한지 100일이 지난 후부터 머리카락이 무서울 정도로 빠진다.

자고 일어나면 베개에 머리카락이 한가득이고,

머리를 감고나면 바닥에 머리카락이 수북하다.

점점 시원해지는 이마.

가르마 사이로 드러난 공터가 훤하다.

하루 100개 이상 빠지면 탈모로 본다는데

느낌상으로 300개 이상 빠지는 것 같다.

언제쯤 좋아질까?

아니, 좋아지기는 하는 걸까?

엄마가 되는 길은 참으로 멀고 험하다.

토닥토닥

출산 후 머리카락이 너무 많이 빠져요.

출산 후 호르몬 변화에 의해 머리카락이 많이 빠지게 돼요. 시간이 지나면서 호르몬이 안정화되면 머리카락 빠짐 현상은 점점 줄어들어요. 보통은 1년 정도 지나면 예전으로 돌아와요. 영양 섭취를 잘 하고 육아 스트레스를 줄이면 머리카락 빠짐 정도가 덜할 수도 있어요.

손탄다

아기가 운다고 계속 안아주면 손타.
내 딸은 두 돌인데도 틈만 나면 안아달래.

그렇구나.
요즘 부쩍 찡찡거려.

쭉쭉.

울 때마다 안아주면 '손탄다'는 친구의 말에
꼬맹이가 울 때 한동안 지켜봤다.

?

언젠가는 멈추겠지?

딸랑딸랑.

그런데 더 크게 운다.

찡찡이.
자꾸 울면 엄마한테 혼난다.

아무래도 안 되겠다.

이게 아닌데...

꼬맹이를 안는 순간 얼굴이 빨개지며 용트림을 한다.
얼마나 갑갑했을까?
엄마가 미안해.

울 때마다 안아주면 손탄다는 지인의 말에 우는 아기를 한동안 지켜보다 더욱 크게 울어 안아췄더니 홍당무가 된 얼굴로 트림을 꺼억~. 지금처럼 우는 이유가 명확할 때도 있지만 그렇지 않은 경우도 종종 있어 안아주면 버릇이 안 좋아질 것 같고 안아주지 않자니 안쓰럽다.

근데, 신기한 것은 안아주면 모든 게 해결된다는 점이다.
엄마의 품속은 특효약인가?

문득 그런 생각이 들었다.
'손타면 좀 어때.
지금 아니면 이렇게 안아줄 수도 없을 텐데.
엄마 품 갑갑해서 싫다고 안기지 않을 날이 곧 올 테니
안아줄 수 있을 때 실컷 품에 안아줘야지.'

토닥토닥

엄마의 품에서 아이는 심리적 안정감을 갖게 됩니다.

애착에는 '안정 애착'과 '불안정 애착'이 있습니다. 엄마와 신뢰를 바탕으로 애착을 형성하면 '안정 애착', 불안을 기반으로 애착을 형성하면 '불안정 애착'이 됩니다. 안정 애착에서 매우 중요한 것은 내가 힘들 때 위로가 되고 안전기지가 되어줄 신뢰의 대상을 찾는 것이죠. 그 안전기지의 대표가 '엄마의 품'입니다. 아이가 안정감을 느낄 수 있도록 충분히 안아주세요.

◆ '단유'의 슬픔

'단유'하면 마냥 홀가분할 줄 알았다.

'모유 수유'와 관련된 물건을 정리하고 마지막으로 수유하는 밤

우리 꼬맹이, 젖 빠는 모습을 다시 볼 수 없는 거야?

이제 쭈쭈를
물리지 못하네.

꼬맹이와의 연결고리가 끊어진 것 같은 허전함이 몰려온다.

우 아가
코오~ 자자.

앞으로 젖 안 물고도
잘 자야 할 텐데~

엄마의 '쭈쭈'가 꼬맹이에게 안정제였을 터,
'안녕'을 고한 뒤 마음이 무겁다.

엄마가 더 많이
안아주고
사랑해줄게.

쭈쭈 못 줘서
미안해.

때와 장소를 불문하고 모든 스케줄이 수유에 맞춰지던 때가 있었다.
모유 수유를 위해 늘 편한 옷만 입고 다녀야 했고, 먹고 싶은 것도 마음대로 먹지 못했던 지난 날.

굳게 마음먹고 단유를 하기로 했다. 단유를 하면 홀가분할 줄 알았다.
마지막 수유를 하던 날, 본능적으로 엄마 가슴 쪽으로 고개를 돌려 입을 동그랗게 벌리는 꼬맹이의 모습을 본 순간,
나도 모르게 눈물이 뚝뚝.

꼬맹이에게 미안함과 더 이상 젖을 물릴 수 없다는 상실감이 며칠간 나를 괴롭혔다.
모유 수유는 엄마가 누릴 수 있는 최고의 행복 중 하나였다.
'잘 가라. 다시 되돌릴 수 없는 시간들아.'

토닥토닥

단유할 땐 모유수유 횟수를 서서히 줄여주세요.

단유는 보통 돌이 지난 후 엄마와 아기가 준비가 되었을 때 시작합니다. 먼저 아기에게 충분히 설명을 해주세요. 아기가 이해하지 못할 것이라고 생각하지만 아기에게 스트레스가 되기 때문에 부드러운 어조로 단유의 이유를 설명하는 것이 아기도 준비하는 데 도움이 됩니다. 다음은 모유 수유 횟수를 줄이는 것입니다. 예를 들어, 수시로 먹었다면 일주일은 하루 3번으로, 다음 주는 하루에 아침, 저녁 2회, 다음 주는 자기 전에 1회 수유를 하고 나머지는 우유 또는 이유식으로 대체합니다. 단유시기에는 평소보다 더 많은 스킨십을 해주어 아이도 허전함을 느끼지 않게 해주세요.

◆백일 축하해요

백일을 맞이한 꼬맹이의 몸무게는 출생 시의 2배가 되었다.

딸랑이를 쥐고 흔들며
힘차게 발차기를 한다.

목을 제대로 가누고 허리에 제법 힘이 생겨
기대어 앉을 수 있다.

빠는 욕구가 강해져 거품 나는 침을 내뿜고
무엇이든 입으로 가져간다.

기분이 좋을 때는
꺄르르 소리 내어 웃을 줄 알고,

기분이 안 좋을 때는
낑낑대거나 큰 소리로 운다.

저녁에 통잠을 자기 시작했고
낮잠 자는 시간도 꽤 규칙적으로 변했다.

백일 축하합니다~ 백일 축하합니다~
사랑하는 꼬맹이~ 백일 축하합니다~

백일 전후로 누워 있기 싫어하는 꼬맹이를 계속 안고 있느라
엄마는 기절 직전이지만 예쁜 꼬맹이를 보며 힘을 내고 있다.

내 생애 봄날 ●

가르쳐준 게 없는데 스스로 쑥쑥 크는 꼬맹이.

벌써 백일이 되었네.

너와 함께하는 매일이 기적이야.

잘 자라줘서 고마워.

엄마는 네가 너무 빨리 크는 것 같아 시간을 붙들고 싶기도 해.

조금만 천천히 커주었으면 좋겠어.

네가 태어난 순간부터 지금까지 너로 인해 웃는 날이 많아졌어.

내 삶에 '완벽'의 의미를 알게 해준 예쁜 아가야.

백일을 축하해.

토닥토닥

폭풍 성장의 시기는 생후 1년까지입니다.

생후 1년까지는 태어났을 때보다 두 배 이상 성장합니다. 백일이라는 시기가 지나면 사회적 반응들이 폭발적으로 늘어납니다. 엄마의 얼굴 표정과 감정을 알아채고 의미 있는 사회적 미소, 낯선 이 반응(익숙하지 않은 사람을 뚫어지게 보거나 약간 경직된 행동) 등이 나타나게 됩니다.

◆측은한 눈빛

안녕하세요.

어서 오세요.

눈 밑이 떨리는 현상이 나아지지 않아
약국에 갔다.

마그네슘이 부족해서 그래요.
잘 챙겨 드셔야 해요.

눈 밑이 떨려요.

아기 키우기 힘들죠?

엄마 만투.

파르르~

모든 것을 다 안다는 약사의 측은한 눈빛.

내 생애 봄날 ●

약국에서 사온 약. 두 달 치 분량이다.

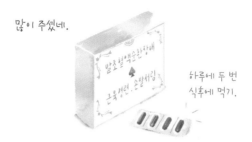

많이 주셨네.

말초혈액순환장애
근육경련. 소발저림

하루에 두 번
식후에 먹기.

내가 그렇게 불쌍해 보였나?

눈 밑
파르르~

잘 챙겨먹고 빨리
나아야 할 텐데...

거울 앞에 '못난이' 한 명이 서 있다.

내 생애 봄날 ●

제대로 쉬지 못하고 제대로 챙겨 먹지 못하는 불규칙한 생활이 이어지다 보니
구강 내 염증과 다크서클은 달고 살고 뾰루지, 눈 밑 경련까지 더해졌다.

약사 선생님의 말에 의하면 구강 내 염증은 비타민 부족,
다크서클은 수면 부족,
뾰루지는 스트레스,
눈 밑 경련은 마그네슘 부족이 원인이란다.

거울 속에 비친 내 모습을 보며 다짐한다.
'여기서 무너지면 안 돼.'
'나 하나만 바라보는 꼬맹이를 위해서라도 건강해져야 한다.'

육아에 지쳐가는 모두에게 응원의 말을 건넨다.
'지금도 충분히 잘하고 있어. 힘내!'

토닥토닥

아기를 낳고 첫 2년 동안은 양육 스트레스가 최고치인 시기입니다.

이 시기의 아기는 '완전 의존시기'이며 '비언어 시기'이기 때문에 엄마와의 의사소통에 한계가 있습니다. 우
선순위를 정하고, 순위에서 밀린 집안일이나 가족의 행사는 다른 사람에게 도움을 받거나 양해를 구하는
것이 좋습니다. 그리고 '나'를 위한 휴식의 시간을 확보하세요.

◆ 잠자는 게 소원

잠이 부족해.

오물오물

어느 날 누군가 물었다.

24시간 동안 혼자만의 자유시간이 생긴다면 뭘 하고 싶으냐고.

내 대답은 간단했다.

"아무것도 안 하고 단 하루만이라도 마음껏 자고 싶어."

정말 쥐죽은 듯 잘 수 있을 것 같다.

하지만 현실은 24시간 껌딱지 꼬맹이와 열심히 사투 중!

예쁘니까 봐준다.

토닥토닥

엄마의 웃는 얼굴이 애착 형성에 중요한 역할을 해요.

안정애착에서 중요한 것은 아기가 바라보는 시각적 접촉입니다. 웃고 있는 편안한 얼굴을 볼 때 아기는 안
전함을 느끼고 세상을 탐색할 용기를 내게 됩니다. 따라서 엄마가 신체적, 심리적으로 편안해야 합니다.
24시간 중 아기가 자는 시간을 최대한 활용하여 쉬는 시간을 가져주세요. 엄마가 편안해야 아기도 편안해
하거든요.

◆ 눈치 보여

밥이 코로 들어가는지, 입으로 들어가는 모르겠다.
그야말로 좌불안석

음식점에 가면 우선 '매의 눈'으로 구석 자리가 있는지부터 살핀다.
유모차를 놓아도 사람들이 지나다니기 불편하지 않을 정도의
공간이 나와야 하니
의자를 빼고 유모차를 식탁에 바짝 붙인다.

"으에엥~"
아기가 울면 모든 시선이 우리를 향하는 것만 같다.
폐가 될까봐 나도 모르게 눈치가 보인다.

빨리 먹고 나가야만 할 것 같아 마음이 다급해진다.
주문한 음식이 나올 때까지의 시간이 유난히 길게 느껴지고
남편과 번갈아 가며 빨리 먹어 치우느라
음식이 코로 들어가는지, 입으로 들어가는지 알 수가 없다.

오늘도 전쟁 같은 외식을 끝냈지만
머지않아 꼬맹이와 여유롭게 한 끼 할 날을 기대해 본다.

토닥토닥

2년 동안 가급적 하지 말아야 할 일이 있어요.

공공장소나 오픈된 음식점, 카페, 대형마트에 가급적 가지 않는 것입니다. 이런 곳들은 아기가 견디기 힘든 장소입니다. 아기가 소화하기 힘든 감각적 자극이 너무 많기 때문이에요. 이 시기는 모임도 집에서, 외식보다는 배달음식을, 쇼핑도 인터넷을 적극 활용하는 것이 좋습니다.

◆옆집 어르신

띵동~ 옆집이에요.

남편, 옆집 어르신인가봐.
어떡해.

꼬맹이가 시끄럽게 울어서
찾아오신 게 아닐까?

···얼음···

으에엥~~~
훌쩍훌쩍.

띵동~ 계세요?

남편이 나가봐요.

아냐, 색시가 나가봐요.

알았어요.

으에엥~~~
훌쩍훌쩍

내 생애 봄날 ●

안녕하세요.
아기 울음소리 때문에 많이
시끄러우시죠?

아휴~ 괜찮아요.

죄송해요. ㅠㅠ

어머~
귀엽다.

옆집에 사는데도
임신한 줄 몰랐어요.
아기 안고 다니는 거 보고
깜짝 놀랐어요.

이거 '아기 내복'이에요.
늦은 인사지만 출산 축하해요.

너무너무 감사합니다.

예쁘게
입힐게요.

내꺼?

옆집 어르신께서 우리 집에 다녀가신 며칠 후...
떨리는 마음으로 한 번도 누르지 않던 옆집 현관 벨을 눌렀다.
반갑게 맞아주시는 옆집 어르신께 단감을 드렸다.

좋아해주시니 덩달아 나까지 기분이 좋아진다.

주말 아침, 현관문에서 벨소리가 났다. 띵동~

"계세요?"
"아, 안녕하세요."

이웃사촌인 옆집 아주머니께서 꼬맹이 내복을 선물해주시면서 출산 축하와 덕담까지 해주셨다. 옆집에 누가 사는지 알고 있어도 마주치면 인사만 할 뿐 어떻게 지내는지 관심 없이 살았는데 친절한 말과 따뜻한 미소로 먼저 다가와 주셨다.

이웃에게 해가 되는 행동을 하지 않기 위해 조심하기만 했지 친해지려고 노력한 적은 별로 없었다.

'친한 척하는 나를 이상한 사람으로 볼지도 몰라.'
'내가 다가가면 부담스러워하겠지?'

이런 부정적인 생각들이 한쪽 구석에 자리 잡고 있었기 때문이다. 그러나 옆집 아주머니의 방문으로 이웃에 대한 생각이 긍정적으로 변하게 되었다. '이웃사촌'이라는 말이 있듯이 서로가 서로에게 관심을 보이고 배려의 말과 안부가 자주 오고 간다면 형제만큼이나 가깝게 지낼 수 있지 않을까 기대해본다. 따뜻한 정을 느끼게 해 준 옆집 어르신께 다시 한번 감사의 말씀을 전하고 싶다.

토닥토닥

조금만 마음을 열면 이웃과 도움을 주고받을 수 있어요.

과거에는 양육의 전문가가 가까이 있었어요. 할아버지, 할머니, 옆집에 아기를 먼저 낳은 선배 모두가 육아 전문가였죠. 하지만 핵가족화, 개인주의가 일반화되면서 이러한 전문가의 도움이 멀어졌죠. 이웃과 가까이 지내는 부모의 모습은 아기의 사교성에도 도움이 됩니다.

◆이유식

정성 가득, 사랑 가득 담아 만든 이유식.
엄마 따라서 아~ 해봐.

잘 먹는가 했는데...

오물오물

쩝쩝

훗~ 손은 거들뿐!

뚜껑 삼킬 기세

탁

꼬맹이에게 이유식은
주식이 아닌 듯싶다.

바닥에 쏟아진 이유식

모조리
씹어버릴 테다.

턱받이 뜯을 기세

쭉쭉~

나중에는 턱받이와 손을 입으로 가져가 먹는다.
손믈리에 나셨음! 손가락은 간식이다.
이유식보다 턱받이와 손을 더 많이 먹은 꼬맹이.
점점 더 나아지겠지?

내 생애 봄날 ●

"냠냠냠, 엄마 먹는 거 따라 해봐."
"아음~ 맛있다."

입에 들어와 있는 무언가를 혀로 탐미하다가
얼떨결에 삼키는 모습을 보니 너무 귀엽고 사랑스럽다.
아직 입에 뭘 넣어야 할지 모르고,
뭐가 이유식인지도 모르고,
이유식보다 손가락과 턱받이를 더 많이 빨고,
팔을 휘젓다 이유식을 엎질러 바닥과 의자에 묻히고,
끈적끈적한 이유식으로 얼굴과 손이 범벅되었지만
분유가 아닌 생애 이유식 첫 관문은 그럭저럭 괜찮았다.

'아직은 먹는 것이 서툰 우리 예쁜 아기. 엄마가 앞으로 맛있는 것 많이 해줄 테니까
잘 먹어줘야해.'

토닥토닥

인간의 감각 중에 미각은 가장 늦게 발달합니다.

이유식을 먹으며 아기는 다양한 맛을 경험하게 되죠. 처음에는 미각을 통해 세상을 탐색하는 것처럼 다양한 물건을 입에 넣고 빨아댑니다. 묻히고 떨어뜨리고 비비고 조물락거리며 엉망진창으로 먹는 것 같지만 아이는 세상을 알아가고, 맛을 알아가는 과정이니 무조건 못하게 하기보다는 위험한 물건은 잘 치워두세요.

◆ 뒹굴뒹굴 뒤집기

옆으로 누워 고개를 뒤로 젖히는 꼬맹이.

꿀렁
꿀렁

엄마의 촉!
왠지 뒤집을 것 같은 느낌적인 느낌.

엉덩이
들썩들썩

오오- 조금만
더 힘내자.

끙끙대며 용쓰다가

끄-응

뒤집기 성공! 짝짝짝.

까야아~
해냈구나!

그 후 기저귀를 갈다가도 휙,
낮잠을 자다가도 휙,
이제는 눕힐새도 없이 마구마구 뒤집는다.

가만히 좀 있어.
꼬물씨~

휙~

내 생애 봄날 ●

불굴의 의지로 연습한 끝에 드디어 뒤집기 성공!

'오오!!'

나도 모르게 돌고래 소리가 터져 나왔다.

아이의 첫 경험을 지켜보는 것은 경이로움의 연속이다.

뒤집는 순간을 찍은 사진과 동영상을 카톡 가족방에 공유했더니 반응이 뜨겁다.

몇 번이고 되돌려보며 이야기꽃을 피우는 우리 가족들

꼬맹이가 성장하는 모습을 보며 온 가족이 기뻐하는 것을 보면

아이는 신이 주신 선물이 분명하다.

꼬맹이는 매일을 웃음으로 채워주는 미소 천사다.

되집기까지 마스터하면 엄마는 더 정신없어지겠지만

조금씩 성장하는 모습을 본다는 건 정말 행복한 일이다.

토닥토닥

아기는 뒤집기를 통해 세상을 똑바로 보는 경험을 해요.

뒤집기를 통해 아기는 누워서 보는 세상에서 똑바로 보는 세상을 경험합니다. 뒤집기 후 보는 세상은 엄마가 보는 그것과 같은 세상입니다. 근육이 더 발달했다는 의미이고 엄마와 같은 세상에 살고 있다는 의미이지요. 뒤집기 놀이를 많이 하면 아기들의 운동량이 늘어 길게 잠들 수 있고, 건강한 체중을 유지할 수 있습니다.

◆사랑의 깊이

어여쁜 단어를 모두 말해도 부족하고
다정한 수사와 동사를 모두 사용해도 어림없다는 것.
낱말의 용량으로는
사랑의 깊이를 표현할 수 없다는 것.

엄마는 꼬맹이가 있어
너무 좋아요.

꼬맹이 너무 귀엽고
잘생겼어요.

예쁘고 기특하고
너무 훌륭해요.

이렇게 멋진 아기가
또 있을까!
엄마가 반하겠어요.
엄마 눈에 하트 뿅뿅.

이아~
어우어~
오어~

"엄마 이야기 다 알아듣고 있는 거지?"
"어우-마. 어우-마."
"방금 엄마 한 거야?"

가끔 '엄마' 비슷한 발음으로 옹알이를 하면 벌써 엄마 소리도 낼 줄 안다며 호들갑을 떨게 된다. 말은 못 해도 다 알아듣는다는 듯 눈망울을 반짝이는 꼬맹이를 바라보고 있으면 너무 예뻐 온 세상의 예쁜 단어들을 동원한 감탄사가 자동반사적으로 튀어나온다. 어떤 미사여구를 갖다 붙여도 부족해 고작 할 수 있는 거라고는 정해진 한도나 한계에 몹시 지나치다는 의미를 가진 '너무' 형용사를 남발하는 것뿐이다.

토닥토닥

엄마의 목소리를 많이 들려주세요.

안정 애착을 위해 가장 중요한 요소 중 하나는 엄마의 긍정적인 청각적 자극이에요. 엄마가 웃는 소리, 나의 자극에 반응해주는 다정한 소리, 나를 부드럽게 부르는 소리 등 청각적으로 엄마의 부드러운 정서가 가득 담긴 소리는 아기를 기쁘게 합니다. 엄마가 아이와 감각을 공유하고 좋다고 느낄 때 아기는 엄마와 안정적인 애착을 형성하게 됩니다. 이것은 아이의 사회성, 정서, 신체, 인지, 언어발달에 모두 영향을 끼치게 됩니다.

◆ 너덜너덜

잠시 자기 안 쳐다본다고 소리치는 꼬맹이

꼬아앙~
꽥꽥.

이제 짜증도 부리네.

#돌고래 #3단고음 #짜증

뒤집기를 한 뒤 버티기 힘들어 소리 지르는 꼬맹이

으아~
으아아~

꼬맹아.
제발 뒤집기는
여기까지만 하자.

뒤집기 방지 쿠션.
좌우 전후 방어.

#세상_만만치_않아

같은 자세로 있기 싫어하는 꼬맹이

#심증

#찡얼찡얼

짧은 간격으로 눕히고 앉히고 안고 세우기.

⊗무한 반복.

#짜증폭발

잠들기 전 통곡하는 꼬맹이

으어엉~ 컥컥.
(울다가 목 막힘)

아고~
우리 아가 안아줄게요.

#안아야 잠 #잠투정 제대로

졸고 싶음이 확실해지면서 나타난 꼬맹이의 짜증
잘 때가 제일 예쁘다는 말에 200% 공감.

신이시여.
저에게 딱 하루만이라도 좋으니
쉼을 허락하소서.

몸이 천근만근이야~
너덜너덜.

PM 11:00
휴우~ 겨우 육아 퇴근.

etc
가사
육아

내 생애 봄날 ●

꼬맹이 6개월 차 진입.

쑥쑥 잘 크고 있지만 크는 만큼 엄마의 힘은 더 많이 요구된다. 10kg 정도 나가는 아기를 하루에도 몇 번을 들었다 났다 하는지 셀 수도 없다. 내가 키워야 하는 게 당연하지만 육아 퇴근하는 저녁 11시가 되면 몸이 천근만근이라 휴지 조각처럼 너덜너덜해지는 기분이다. 육퇴했다고 하루 일과가 끝이 아니다. 설거지와 빨래가 남아있다(아니라고 믿고 싶어). 어떤 날은 온몸이 붓고 두드러기가 올라오고 열 손가락에 습진이 생긴다. 또 어떤 날은 구부릴 때마다 무릎에서 뚝뚝 소리가 나기도 한다.

현관문 열리는 소리와 함께 퇴근한 남편이 집에 오면 반가운 마음과 위로받고 싶은 마음과 나보다 여유 있어 보이는 표정에서 오는 묘한 배신감이 교차한다. 육아 스트레스를 죄 없는 남편에게 짜증으로 풀게 되는데 천사같이 착한 남편이 맞받아치는 날이면 말싸움이 오고 간다. 몸이 지치니 마음이 지치고 말이 예쁘게 안 나온다.

그 흔하다는 친정과 시댁의 도움 없이 육아 중인 나. 하루마다 주어지는 엄청난 미션들을 해내는 내가 대견할 때도 있지만, 밥 한 끼 여유 있게 먹지 못하는 내가 짠하기도 하다.
정말 딱 하루만 마음 편하게 아무것도 안 하고 싶다.

토닥토닥

'나'라는 존재가 없어져버린 것 같아요.

아기가 태어나고 1년은 '내가 없는 시기' 같아요. 엄마만 바라보는 '완전 의존체'가 생기니 나도 모르게 책임감이 불타오르기 때문이죠. 여기에 수면 부족으로 생기는 신체적 피로감은 최고조에 도달해 있어요. 내 실수와 잘못한 행동해도 나만 의지하는 연약하고 사랑스러운 아이를 보며 영차영차 조금만 힘내세요. '육아근육'도 조금씩 단단해지고 튼튼해져 '나'라는 존재를 찾을 날이 올 거예요.

◆로켓 발사

꼬맹이의 로켓발사로 오늘도 작품 여러 개 나왔다.

지금까지 바지만 세 번 갈아입힘.

아랫도리만 갈아입히다 보니 위아래 옷 스타일이 전혀 안 어울린다.
상/하 따로 사진을 찍어놓고 보면 그래도 괜찮다고 위안을 삼는다.

갈아입힐 바지가 모자랄 때는 오줌이 덜 묻은 바지를 찾아 다시 입히기도 한다.
바지를 더 사야 할까보다.

내 생애 봄날 ●

온종일 기저귀만 차고 있는 꼬맹이가 갑갑할까봐
허리 밴드를 손가락 하나 들어갈 정도의 공간을 두고 채워왔다.
이 때문인지 요즘 기저귀 새는 횟수가 늘더니,
바지에 오줌이 묻어 하루에도 서너 번씩 갈아입혀야 하는 상황이 생긴다.

기저귀를 잘못 채워 그런가 싶어 허리 밴드 부분을 빈틈없이 바짝 채워보기도 하고,
흡수율이 높다는 기저귀로 교체해 사용해보기도 했지만 새는 건 여전하다.

기저귀가 새기 시작한 때가 보행기를 타고 다니기 시작한 시기와 맞물리는데...
아무래도 보행기를 탈 때 발을 굴리고 몸을 앞뒤로 움직이다가 기저귀가 밀려
오줌이 샌 것 같다.

꼬맹이의 오줌이 새지 않으려면 어떻게 해야 할까?
사소한 것 하나하나가 다 고민이다.

토닥토닥

움직임이 많아지면 오줌이 샐 수 있어요.

오줌이 새기 시작한다는 것은 아기의 활동량이 늘어나고 신체적으로 잘 자라고 있다는 증거입니다. 기저귀가 아기의 사이즈에 맞는지, 흡수력이 강한지, 아기의 소변양이 많은지 등을 살펴보고 괜찮다면 밴드를 단단히 채우고 자주 갈아주는 것이 좋아요. 아기는 오늘도 쑥쑥 자라고 있네요.

◆엉금엉금

D+180일

꼬맹이에게 연속 뒤집기와 되집기는 이제는 껌이다.

우리집 청소담당
꼬맹이.

데굴데굴~

굴러가며 먼지 제거
데구르르~

D+200일

하늘을 향해 엉덩이를 쭈욱 빼고 흔드는 꼬맹이.
날이 갈수록 엉덩이 높이가 올라간다.

실룩

실룩

응차
응차

D+220일

아직 기어가지 못하지만 제자리에 엎드린 상태로 360도 회전하며 몸을 돌린다.

D+240일

배밀이와 기어가는 동작이 묘하게 섞인 애매한 '엉금엉금'이 나타났다.
아주 미세하게 조금씩 움직이지만 한눈팔면 어느새 멀리 가 있다.

꼬맹이와 함께 '엉금엉금' 놀이를 하며 스치는 생각.
우리 아가, 금방 크네. 조금만 천천히 컸으면...

꼬맹이가 기어가는 모습은 요즘 우리 집 최고의 화젯거리이자 즐거움이다. 아침부터 저녁까지 꼬맹이의 엉덩이는 쉴 틈이 없다. 예전에는 앞으로 전진하고 싶은데 마음대로 안 되자 제자리에서 한 바퀴 비잉~ 돌았었다. 이젠 앞에 놓여 있는 장난감을 어떻게든 잡으려고 팔과 발을 하나씩 뻗고 배로 밀며 잘 나간다. 기어가는 속도는 느리지만 가고 싶은 곳을 향해 정확히 몸을 트는 기술이 생겼다.

누군가 말했다. 진정한 육아전쟁은 '배밀이'부터라고!
배밀이가 시작되자 누워 있을 때가 편하다는 말이 실감 난다. 하루 종일 온 집안 바닥을 배로 닦고 다니느라 바쁜 꼬맹이. 꼬맹이를 쫓아다니며 닦고 쓸고 치우다 보니 허리와 팔이 아프다. 잠시 한눈을 파는 사이, 오줌 싼 기저귀와 콘센트 선, 두루마리 휴지 등을 입에 물고 있는 아찔한 상황이 펼쳐지니 1분 1초도 눈을 뗄 수 없다.

하지만 작은 생명이 점점 커가는 모습 속에는 이루 말할 수 없는 감동이 있다. 이래서 둘도, 셋도 키우나 보다. 한편, 꼬맹이의 크는 모습을 이맘때만 볼 수 있다고 생각하면 가슴이 먹먹해진다. 꼬맹이는 자신의 어렸을 적 기억이 없을 테지만 나의 기억 속에는 영원히 빛날 것이다.

'매일의 순간, 함께 해줘서 고마워. 지금도 예쁘고 앞으로도 예쁠 우리 꼬맹이지만 엄마는 아가 때의 모습이 많이 그리울 것 같아.'

토닥토닥

배밀이와 기어가기는 발달에서 매우 중요합니다.
배밀이 시기에는 방향 감각을 익히고, 장기와 팔다리의 근육이 발달합니다. 아기에게 무릎 보호대나 바닥에 쓸려 피부가 자극받지 않도록 신경 써주세요.

푸르른 녹색 물결 숲에 왔어요.
그 자리에 있는 것만으로 기쁨을 주는 꽃.
꼬맹이의 존재도 그래요.
인생의 길 따라 예쁘게 피어날 꽃이죠.

꼬맹이 인생의 길엔 어떤 꽃이 피게 될까요?
어디에 있든, 어떤 모습이든
가장 찬란하게 빛날 예쁜 꽃.

토닥토닥

꽃은 나름의 색깔과 향기를 지닙니다.

넓은 들에 핀 꽃, 돌 틈 사이에 핀 꽃, 밭의 채소 사이에 핀 꽃, 아무도 가지 않는 산길에 핀 꽃, 도심 한가운데
차도에 핀 꽃... 각각의 꽃들은 상황이나 장소에 상관없이 저 나름의 아름다움을 가지고 있습니다. 그 어디
에 피든 가치 없는 꽃은 없습니다. 우리도 마찬가지입니다.

연주회

내 생애 봄날

창문 사이로 들려오는 바람의 노래.

휘이이~ 휘이이~

'꼬맹이와 숲으로 놀러 오세요.'

가족과 함께 도시락을 싸서 나들이 가야겠어요.

꽃과 바람과 나무가 들려주는 연주회 들으러.

토닥토닥

자연의 자극은 영아기에 가장 좋은 자극 중 하나입니다.

우리는 자연에서 와서 자연으로 돌아가기에 무의식적으로 자연으로부터 위로와 힘을 얻습니다. 아기는
그러한 자연으로부터 감각적인 편안함을 느끼게 됩니다. 아이에게 자연의 감촉, 자연의 모습과 소리를 자
주 경험하게 해주세요.

◆ 보행기 무법자

보행기를 타면 꼬맹이 표정이 달라진다.

까치발을 하고 집안을 활보하는 꼬맹이가 늘
도는 코스 중 첫 번째는 책상 앞이다.
잘 열리지 않는 서랍을 기어코 열어
물건을 마구 집어 던진다.

두 번째 코스는 식탁 앞.
의자에 달린 안전벨트 꼬리를 입에 넣고 씹는다.

세 번째로 가는 곳은 두루마리 휴지가 있는 곳.
모두 풀어헤쳐야 그 자리를 뜬다.

내 생애 봄날 ◐

그 다음은 주방이다. 손에 닿는 게 많은 주방은 꼬맹이가 가장 좋아하는 장소다.

밥솥 수납 볼레일을
당겼다 밀었다.

오븐 레인지 문을
열었다 닫았다.

싱크대 때리기.
계세요? 뚝뚝뚝.

수건 잡아당기기.
고무장갑 떨어뜨리기.

잠깐 한눈을 팔면 꼭 일이 터지는데...
그중 베스트 사건은 '쓰레기통 사건'이다.
쓰레기를 바닥에 엎는 것까지는 괜찮았다.
꼬맹이는 똥 묻은 휴지를 만지다가
입에 넣고 삼키려 했다.
서둘러 똥을 닦인 후 정신차리고 보니
내 옷까지 똥이 ㅠ.ㅠ

8개월 차에 진입한 꼬맹이. 활동반경이 커지고 호기심이 많아진 꼬맹이는 보행기를 타는 걸 좋아한다. 탔다 하면 고사리 같은 발로 바닥을 힘차게 차면서 전진과 후진, 대각선으로 능수능란하게 움직인다. 운전 실력이 아주 수준급이다.

집안일을 하는 사이 엄마가 자기를 안 쳐다본다고 징징대는 꼬맹이를 달래는 최고의 방법은 '보행기 태우기'다. 보행기에 탄 꼬맹이는 무법자가 되어 온 집안을 탐색한다. 손잡이를 당겨 서랍을 열고, 잡히는 물건이 있으면 맛보고 흔들다가 바닥에 내팽개친다. 선이 보이면 무조건 잡아당기고 먹으려 해, 위험한 것들은 만지지 못하게 미리 치워둬야 한다.

위험요소를 완벽히 치웠다고 생각했지만 생각지도 못한 곳에서 사고가 발생하곤 한다. 한번은 손에 닿지 않는 쓰레기통은 괜찮겠지 싶어 보행기가 지나가는 길목에 그냥 둔 적이 있다. 꼬맹이 손에 쓰레기 비닐봉투가 우연찮게 걸렸는지, 한눈판 사이 쓰레기들이 바닥에 널브러져 버렸다. 무엇보다 똥 묻은 휴지가 꼬맹이 입속으로 들어가고 있었다.

"으아악!!!! 안 돼!!!"

갑작스러운 엄마의 큰 소리에 놀란 꼬맹이는 울고불고 했고, 진정시키느라 한참을 안고 내려놓았는데, 내 옷에서 똥 얼룩을 발견했다. 꼬맹이의 입과 손을 여러 번 닦으며 진짜 한눈팔면 안 되겠다 싶었다.

"꼬맹아. 너의 눈에는 모든 것이 새롭지? 엄마는 너에게 해가 되는 것들을 치워야 할 의무가 있어. 앞으로도 위험한 상황이 닥치면 '안 돼!'라고 외칠 거야. 큰소리친 건 꼬맹이를 미워해서가 아니라 엄마도 처음 있는 일이라 놀라서 그랬어. 다신 이런 일 없도록 더욱 조심할게."

토닥토닥

8개월 아기는 행동반경이 넓어지고 호기심이 많아져요.

모든 것을 입에 넣어보고, 손으로 밀고 당기고, 쑤시고, 끌고 하는 것은 이 시기 아기들의 놀이랍니다. 아이가 위험하다고 생각되어 엄마가 너무 놀라 소리를 질러 아기도 놀랐다면 조용히 아기의 마음을 읽어주세요. 엄마의 마음을 안다면 상처받지 않는답니다.

◈ 유모차의 비애

온몸에 진동이... 덜덜덜~

우리 동네 보도블록은 울퉁불퉁하다.
그냥 걸어 다닐 때는 몰랐었는데...

튀어나온 블록

이게 뭐야?
턱이 왜 이렇게 높아.

으으~~~
이번에도 부딪혔어.

쿵

유모차의 앞을 힘껏 들고 밀어야
높은 턱을 통과할 수 있다.

경사진 길에서 미끄러지지 않으려면
힘으로 버텨야 한다.

횡단보도 신호등에 켜진 초록불.
좌우 살펴보고 건너려던 참에 '쌔앵'.
고속 주행하는 차는 왜 이리 많은 걸까?

태풍으로 비 오는 날은 내 마음에도 비가 내린다.
이 먼 길에 왜 유모차를 선택했을까 후회를 한다.

강풍에 우산은 뒤집히고

비 다 맞고

한 손엔 우산
한 손엔 꼬맹이

앉기 싫어하는
꼬맹이 달래고

발로 유모차 밀고

물웅덩이에
발 빠져 신발도 젖고

유모차 바퀴는
미끄럽고

탁탁

내 생애 봄날 ●

꼬맹이를 낳기 전, 미리 구매해 둔 유모차를 지긋이 바라보며 꼬맹이와 단란하게 산책할 그날을 상상했다. 생각만으로 흐뭇해 미소가 절로 지어졌다.

유모차를 끌고 나가면 아기 낳기 전에는 전혀 생각지도 못했던 장애물을 자주 만나게 된다. 울퉁불퉁한 길을 만나면 유모차 손잡이를 잡고 있는 손이 미끄러져 방향이 틀어지기도 하고, 경사진 길을 만나면 한쪽으로 쏠리기도 한다. 높이가 높은 턱을 만나면 유모차를 위로 들고 내려야 해 불편하다. 커피라도 한 잔 마시려고 해도 턱이 꽤 높거나 계단으로 되어 있어 유모차를 들고 가기엔 너무 힘들어 눈앞의 카페를 지나친 경우도 여러 차례.

한 번은 비 오는 날. 병원을 가야 해 레인커버를 씌운 유모차에 꼬맹이를 태웠다. 꼬맹이에게 레인커버 위로 비가 떨어지며 내는 소리와 비가 오는 모습, 특유의 비 냄새를 맡게 해주려고 했는데 목적을 이루지 못했다. 부쩍 고집이 생긴 꼬맹이가 유모차 앉기를 거부하고 품에 안겨 있으려고 해, 한 손에 꼬맹이를 안고 다른 한 손으로 우산을 들고, 발로 유모차를 밀며 다녔다. 진정된 꼬맹이를 유모차에 앉힌 후 두 손으로 우산을 들고 다녔음에도 불구하고 거센 바람 때문에 비맞은 생쥐가 되었다.

토닥토닥

부모가 되는 기쁨

이 세상의 어떤 관계가 자신의 온전한 희생을 기꺼이 하고픈 관계일까요? 부모와 자식은 그런 의미에서 비논리적이고 불공평한 관계인 듯해요. 그런데 그것을 기꺼이 한다는 점에서 이것은 아기에 대한 사랑이자 자신의 기쁨이기도 합니다.

◈ 뽀 뽀

동그랗고 부드러운 볼에
뽀뽀를 쪽!

앙증맞은 말랑말랑 코에
뽀뽀를 부우~

꼭 안고, 하루에 서른 번 이상 **뽀뽀.**

엄마 아빠는 우리 아기 양쪽 볼에 날아드는
딱따구리 새.

내 생애 봄날 ●

꼬맹이를 보면 뽀뽀를 하고 싶어진다.

자그맣고 동글동글한 얼굴, 볼록한 배,
토실토실 엉덩이, 꼼지락거리는 발가락까지 너무나 사랑스럽다.

꼬맹이의 온몸을 간지럽히다가 배에 후우~ 입김을 분 뒤
사정없이 뽀뽀를 하면 '까르르' 함박웃음을 짓는다.

뽀뽀를 하기도 전에 긴장한 표정으로 웃을 준비하는 모습이 또 보고 싶어
딱따구리 새가 되어 계속해서 뽀뽀를 한다.

토닥토닥

촉각으로 놀아주세요.

안정 애착을 형성할 때 감각적 접촉과 함께 질 좋은 반응을 해주는 것이 필요합니다. 그중 하나가 놀이예
요. 아기의 온몸을 만지며 아기와 웃음을 공유하는 놀이는 아기의 정서 발달에 매우 도움이 됩니다.

아빠의 비타민

‘엄마’, ‘아빠’ 발음을
연습시키고 있다.

‘아빠, 어딨어?’라고 물으면
고개를 돌려 현관문 쪽을 바라본다.

현관문 열리는 소리가 나면
아빠가 온 것을 눈치 채고 그쪽으로 기어간다.

아직 ‘아빠’ 발음이 서툴지만
보고 싶고 기다려지는 아빠의 존재.

내 생애 봄날 ●

꼬맹이가 옹알이를 시작하면서
'엄마', '아빠' 소리가 계속 듣고 싶어진다.
하루에도 열두 번씩 '엄마', '아빠' 단어를 말한다.
들어도 들어도 들을 때마다 신기하다.
요 조그마한 입에서 '엄마', '아빠' 소리가 나온다니.

'띠띠띠띠' 비밀번호를 누르고 문이 열리는 소리가 나자
현관문으로 쏜살같이 기어가는 꼬맹이.
아빠가 보이자 "엄빠, 엄빠, 아바, 아바바."라고 말한다.

정확하지 않은 발음이지만 "우와, 잘한다." 칭찬했더니
신이 났는지 계속해서 말한다.

꼬맹이의 입에서는 나오는 '아빠' 소리는
하루 동안 쌓인 아빠의 피로를 씻어준다.
틀림없이 꼬맹이는 아빠의 비타민 ♥

토닥토닥

간단한 단어를 천천히 반복적으로 들려주세요.
언어는 이해언어(수용언어)와 표현언어로 나뉘는데 영아기는 이해언어를 풍부하게 사용하는 것이 좋습니다. 익숙한 사물, 신체 부위, 동물의 이름이 '이해언어', 동물소리, 움직임 소리가 '표현언어'입니다. 아기가 발음을 하여 표현할 수는 없어도 어떤 단어를 말했을 때 그것을 알아채고 행동으로 할 수 있는 것이 많으면 놀이가 되고 인지 능력도 발달하게 됩니다. 이해언어가 충분히 학습되면 어렵지 않게 표현언어를 사용할 수 있게 돼요.

◆ 아름다운 구속

엄마를 졸졸 따라다니는
11개월차 꼬맹이는 마치 내 그림자 같다.
문을 사이에 두고 '까꿍' 놀이를 할 때
엄마가 보이면 웃고 안 보이면 운다.

수시로 얼굴 돌려서
재밌는 표정 지어주기.

내 생애 봄날 ●

빨래 넣고 금방 갈게에~

언제 여기까지 왔어요?

엄마가 어딨지?

오잉?

엄마-아.

다른 방으로 엄마 찾아옴

꼬맹이 시야에서 벗어나지 않는 것.

엄마 밥 먹는 동안만이라도
얌전히 있자

식탁 때리기

탕탕

엄마가 하는 일을 확인시켜주는 것이
일상이 되었다.

여기로 올라올래요?

이잉

함께 있으면 이 세상을 다 가진 것처럼 좋아하는
꼬맹이에게 구속되어버린 엄마의 시간.

언제까지 호흡을 맞춰나갈지 모르지만
엄마를 찾지 않을 때 무척 섭섭할 것은 분명하다.

11개월 차. 엄마를 졸졸졸 따라다니는 꼬맹이의 눈에 눈물이 보이지 않게 하려면 식사, 칫솔질, 세수, 샤워, 설거지, 청소, 이 모든 일들을 초고속으로 끝내거나 같은 공간에 함께 있어야 한다. 엄마가 어디에서 뭘 하고 있는지 꼭 알아야만 하는 우리 집 '엄마 감시자'는 내가 혼자 있는 걸 절대 용납하지 않는다.

엄마는 정신없이 이 일 저 일을 하고 있느라 바쁘지만
꼬맹이의 시간은 엄마와 함께하는 시간과 엄마를 빼앗기는 시간으로만 나뉘는 모양이다.

꼬맹이의 시간에 맞춰가는 나의 일상은
혼자였으면 느끼지 못했을 아름다운 구속일지도 모르겠다.
꼬맹이가 스스로 할 줄 아는 게 점점 많아져
엄마의 손이 필요하지 않을 때가 오면 분명 섭섭해지겠지?

토닥토닥

아기와 안정 애착을 잘 형성했나요?

아기는 빠르면 8개월부터 18개월 전후까지 애착대상자인 양육자와 분리되지 않으려고 합니다. 이것은 안정애착이 형성되었을 때 나타나는 자연스러운 현상이에요. 아기는 애착 대상자가 보이지 않을 때 분리불안을 느낍니다. 엄마가 잠깐만 안 보여도 세상에서 엄마가 사라졌다고 생각하기 때문에 많이 울죠. 대상이 눈앞에서 사라져도 영속한다는 것을 이해하지 못하기 때문에 엄마가 없으면 불안을 느끼게 되는 것입니다. 안정 애착을 맺을수록 분리불안은 더욱 명확하게 나타납니다.

내 사랑 콩깍지

똘망똘망해서 별명이
'손오공'이었어.

하하하~ 남편 어렸을 때
정말 귀여웠네.

꼬맹이랑 진짜 비슷해.

끼끼

이때도 남편
눈두덩이가 두꺼웠어.

남편

꼬맹이

둘 다 머리숱 많다.
쌍둥이 같네-

얼굴에 살 없고
턱 뾰족한 것도 똑같아.

꼬맹이 어디보자.
내 베이스에 엄마 국물 살짝 튀었네.
아빠보다 나아서 다행이다.

짝짝짝

왜에~
우리 꼬맹이 잘생겼어.

똥 싸도 귀엽고

더러운 걸 묻혀도 귀여운 아들.

똥도 예쁘구나.

기저귀 갈아주는 타이밍에
또 나오는 응가!
으응차 —

엉덩이 토실토실

인형이
기어다니는 것 같아.

우리 아가.
엉덩이에 모터 엔진
달았구나.

콧물 질질.

뿡~
뿌응~

엄마—
엄마—

잘생긴 과는 아닌 남편을 똑 닮은 꼬맹이.
이상하게 꼬맹이는 잘생겨 보인다.

그냥 기분 좋으라고 한 소리지.

이잉

남편,
우리 꼬맹이 얼굴 보고
지인들이 연예인 '정해인'
닮았다고 하는데
남편이랑 '정해인'은
안 닮았잖아.

콩깍지가 씐게 분명하지만
이 공식 너무 마음에 든다.

꼬맹이 = 정해인

내 생애 봄날 ●

엄마가 되고 나니
아이를 향한 칭찬이 기분 좋다.
부모에게 이 세상 모든 자식은 우주 최강 절세 미녀, 미남.
특히 엄마는 아이에 관해서 만큼은 절대 객관화가 안 된다.

연예인 '정해인'을 닮았다는 소리를 들은 우리 아들.
지인의 칭찬에 엄마 기분 최고!

토닥토닥

사랑은 콩깍지를 씌웁니다.

자식을 낳으면 부모는 특별한 렌즈를 끼게 됩니다. 내 아이가 천재 같고 잘생겼고 특별한 것 같은 사랑의 렌즈죠! 부모의 사랑은 아이에게는 든든한 지지대가 될 거예요. 영유아기까지는 완전한 내 편이 되어주는 부모가 꼭 필요합니다.

봄

싱그러운 공기, 따스한 바람.
무지개처럼 피어나는 웃음꽃.

새싹 같은 꼬맹이가 쑥쑥 자라는
우리 집은 언제나 '봄'입니다.

◈사랑합니다

꼬맹이가 태어난 후부터 사랑 표현이 많아졌습니다.
돈 주고 얻을 수 없는 가장 값지고 귀한 보물이 제 곁에 있습니다.

'남편, 사랑합니다.'
'색시, 사랑합니다.'
'우리 꼬맹이도 사랑합니다.'

표현했을 때, 불꽃처럼 번지는 게 사랑입니다.

마음속에만 담아두지 말고 표현해 보세요.
기분도, 마음도 달라질 거예요.

토닥토닥

사랑 고백은 하고 또 해도 질리지 않아요.

자신의 감정을 잘 표현할 수 있는 아이가 건강한 아이입니다. 자신의 감정을 표현하는 방법은 어떻게 배울
까요? 당연히 부모의 말과 행동(모델링)을 통해 배웁니다. 부모가 행복한 감정 표현을 많이 할수록, 아이는
긍정적 정서를 발달시키고 건강한 자존감을 키웁니다.

◆ 푸 우 푸 우

시어머니께 꼬맹이가 기저귀만 입고 찍은 사진을
카톡으로 보내드렸더니

어머니, 안녕하세요.
꼬맹이 잘 크고 있어요.
어머니도 잘 지내셨어요?

'어미야, 평소에 옷 입히지 않으면
계속 안 입는다. 싫어해도 입히라.'

대답은 '네.' 했지만...

홀짝
홀짝

네에-

빨대컵만 손에 쥐어주면 물을 내뿜으며
목욕을 하니, 옷이 금방 다 젖어 벗겨야 한다.
차라리 옷을 안 입히는 게 속편하다.

물 총건

여기가 수영장일세.

바닥에 뿌려진 물을 비비고
그걸 다시 핥아먹는 꼬맹이.
컵에 좋아하는 분유와 주스를 담아줘도
매한가지다.

물이 있는 곳은 미끄러워요.
조심해요.

바닥에 머리를 부딪힌
꼬맹이

방을 옮겨 다니며
뿜어대는 덕에 바닥을 몇 번이나
닦는지 모르겠다.

내 생애 봄날 ●

심한 변비로 고생 중인 꼬맹이.
유산균을 먹이고 물을 많이 마시게 해주라는 의사 선생님 말씀에
수시로 빨대컵을 쥐어주고 있는데,
한 모금 빨아 먹고 '푸~~~' 하고 뱉어 버린다.
덕분에 꼬맹이의 옷은 홀랑 다 젖고, 바닥은 이미 물바다.
어차피 또 젖을 거라는 것을 알기에 옷 갈아입히기는 포기.
기저귀만 입혀두고 실컷 놀게 해주는 중!

물 좀 내뿜지 말고 꿀떡꿀떡 잘 좀 마셔주면 안 되겠니?
걸레질을 많이 하는 덕에 바닥이 반질반질 깨끗해져 좋긴 하다만...

근데, 너 혹시...
엄마 청소 좀 하라고 일부러 그런 거니?

토닥토닥

감각놀이를 즐기는 시기입니다.

아기의 감각놀이는 오랫동안 지속됩니다. 세 돌이 되기 전에는 점점 줄어들기는 하나 촉감으로 사물을 탐색하는 것을 좋아합니다. 그런데 엄마가 너무 힘들면 긍정적으로 반응해주기 어렵기 때문에 많이 힘들다면 그 놀이를 할 수 있는 공간을 지정해 주는 것도 방법입니다. 그곳만 치우면 되니까요.

꼬맹이를 들다가 날카로운 모서리에
손가락이 찍혀 상처가 나고,

안고 들었다 놓았다 하면서
손가락에 무리가 가 팅팅 붓고,

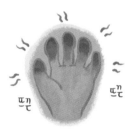

뜨끈

뜨끈

꼿꼿

딸깍

딸깍

새끼손가락이 잘 구부려지지 않고
'딸깍' 소리가 난다.

위험한 물건을 잡으려고 기어가는 꼬맹이를 따라잡다가
바닥에 무르팍이 부딪혀 멍이 들고,

어지럽혀진 집안과 아무거나 열심히 만지는
꼬맹이를 씻기고 닦느라 건조하고 거칠어진 손.

나 이렇게 힘들었다고
확 쏟아내지 않으면
견딜 수 없는 그런 날이 있다.

엄마에게도 '위로'가 필요한 날이 있다.

많이 아프고 피곤하겠다. 진짜 고생이 많다.
엄마가 되는 건 쉽지 않지. 나도 알아.

아이 하나 키우는 데 온 마을이 필요하다는 말이 있잖아.
많은 준비와 희생이 필요하지?

누구의 도움 없이 꿋꿋이 잘 키우고 있어.
잘 견디고 있어. 대견해.

내 생애 봄날 ●

아기를 재운 뒤 멍하게 있다가 눈가가 촉촉해지는 날.
위로에게 위로받고 싶은 날.

토닥토닥

아가가 엄마에게

너무 힘들죠? 할 일도 많고 자꾸 똑같은 일을 반복해야 하고, 알아주는 사람도 없고, 쉬고 싶은데 못 쉬겠고
실수하면 어쩌나하는 생각도 들고, 그런데요. 난 그런 당신이 참 좋아요. 날 많이 사랑해주고, 완벽하려고
하지 않고 최선을 다해줘서…. 그래서 나도 최선을 다하는 모습을 배울 거예요. 정말 내 엄마여서 고마워
요. 엄마.
당신의 아기는 분명 이렇게 생각하고 있을 거예요.

🌸 주는 사랑

택배 상자들이 탑을 이루는 익숙한 풍경.
보기만 해도 푸짐합니다.

택배 물건은 모두 '꼬맹이 거'입니다.
내가 사고 싶은 물건도 있지만
꼬맹이에게 양보합니다.

호뭇

요즘 택배 진짜 빠르다.

이거
이거
이거

택배가 모두 잘 왔네.

택배 상자 안으로
들어가는 꼬맹이

쿵쿵

엉덩이를 들썩들썩

꼬맹이가 선물을 받고 즐거워하는 모습은
저를 더욱 즐겁게 합니다.

'주는 사랑'이 몇 배로 행복하다는 것을
엄마가 되어보니 알겠습니다.

부비
부비

우우웅~

우적우적

이불 속에서
까꿍놀이

꼬맹이에게 사주고 싶어
장바구니에 담아놓은 물건들 보는 중...

사주고 싶은 게
너무너무 많음.

그래그래.
주방놀이도 전집도
소파랑 책상도
필요할 것 같아.

이거
이거 이거

엄마에게 한 번씩 전화를 걸어 어떻게 지내시는지 안부를 묻습니다.

"엄마 뭐 필요한 것 없어요?"
- 너 건강하고, 행복하게 살면 돼.
"진짜 뭐 필요한 물건 없어요?"
- 없다. 생각나면 알려줄게.

오히려 제게 "겨울 옷 예쁜 걸 봐 두었는데 사줄까?" 묻습니다.
자신보다 자식을 우선으로 두는 엄마의 마음.
꼬맹이를 대할 때의 제 마음과 같습니다.

이제는 엄마에게 필요한 것이 없는지 먼저 살피고 싶습니다.
엄마가 제게 해주셨던 것처럼...

토닥토닥

여자보다 엄마가 왜 더 강할까요?

엄마는 사랑의 가치를 알기 때문입니다. 사랑은 사람의 마음에 깊은 흔적을 남깁니다. 사람의 흔적 중에 가장 큰 흔적이 부모의 사랑입니다.

◆ 나의 작은 우주

나의 작은 우주야.

인생에서 가장 빛나는 시간을 선물해줘서 고마워.

토닥토닥

우주를 얻은 기분

아기의 탄생을 우주로 받아들일 수 있다면 이미 당신은 부모가 되었어요. 부모 될 준비는 마음가짐에서 출발합니다. 부모가 되는 것은 완벽을 요구하지 않습니다. 부모가 되면서 부족한 부분을 채우고, 어른이 되는 과정을 경험합니다.

공중 부양

남편과 아이에게서 잠시 멀어지고 싶을 때

이런 능력이 생기면 좋겠다.

소파 위에서 남편이 잠든 상황.
꼬맹이가 아빠랑 놀지 못하니 더더욱 엄마에게 달라붙는다.

놀아달라고 '잉잉'
안아달라고 '잉잉'
저기로 가자고 '잉잉'

'잉잉 부대'의 장군 꼬맹이.
그의 횡포에 두 손 두 발 다 들게 되는 때는
진심으로 피하고 싶다.

순간적으로, 내 몸이 하늘로 슈웅~ 올라가
'공중 부양'을 하면 통쾌하고 짜릿하겠지? 하는 상상을 한다.

꼬맹이의 손이 닿지 않게 적당히 떨어진 공간에서
마음의 안정을 찾고 싶다.
'Inner peace'를 외치며

◆아장아장 첫걸음마

손바닥으로 탁탁 치면서 바닥을 짚고 일어나
엉덩이를 뒤로 뺀 후 다리를 일으켜 세운다.

두 발자국 걷다가
엉덩방아 찧기를 반복하다가

며칠 후 여러 발자국 걷기 시작.
손으로 잡을 수 있는 벽을 향해 전진.

지켜보는 관객을 위해 넘어져도
벌떡 일어나 걷고 또 걷는다.
스웩 넘치는 자세로 박수까지 친다.

아무도 알려주지 않았는데 스스로 걸음마를 터득한 꼬맹이는
한 발자국 두 발자국씩 걷다가 순식간에 여덟 발자국 이상을 걷는다.
땅에 닿는 발바닥 촉감이 좋은지 히히히~ 웃으며 다람쥐처럼 빠르게 걷는다.
가끔 넘어지기도 하고 엉덩방아도 찧지만
울지 않고 다시 씩씩하게 일어나 폭풍 걸음마를 시작한다.

"꼬맹아. 엄마가 너 주려고 산 예쁜 신발이 있어.
이제 산책 나가면 유모차에만 있지 말고 걷자.
엄마가 같이 손잡고 걸어가 줄게."

토닥토닥

세상으로의 첫 발걸음을 응원합니다.

'첫걸음마'는 인생에서 매우 중요한 전환점이자 사건입니다. 이제 아기는 점점 더 엄마와 같은 생활권으로 들어옵니다. 그리고 점점 더 세상을 탐색할 것입니다.

❖ 모방의 왕

홀짝
홀짝

휘이~
휘이~

컵에 물을 따라 먹는 모습을 따라 하는 꼬맹이.
물을 손으로 휘저으며 갖고 놀다가
다시 그 물을 마신다.

아아아~

집에 있는 인형들을 모아놓고
돌아가며 이를 닦아 준다.

'치카치카 할까요?'라고 말하면
입을 크게 벌려 '칫솔질'하는 시늉을 한다.

아아아~

이에는
충치 괴물이 살아요.
충치 괴물 없애자.

꼬맹아, 나가자.

(말 끝나기 무섭게)
양말 꺼내 신는 중...

'양말'
'양말'

외출 시 신발과 양말을 신고
집에 오면 벗으려고 한다.

주방에서 엄마가 요리를 하면
설거지 놀이 장난감을 꺼내 달라고 한다.
야채를 씻고 칼로 야채를 썬다.

엄마가 잠자기 전에 한 행동을
그대로 모방하여 인형에게
뽀뽀하고 이불을 덮어준다.

엄마가 하는 일이라면 그저 따라 한다.

어느 순간부터 엄마 입에 먼저 음식을 넣어주고

우와, 나눠주는 거예요?
고맙습니다.

맘마, 맘마.

먼저 엄마 손을 잡는다.
사랑 표현도 따라 하는 20개월 차 꼬맹이는 '모방의 왕'이다.

보드랍고 따스한 손,
언제 이렇게 컸니, 아들.

내 생애 봄날 ●

모르는 새 부쩍 크는 꼬맹이의 성장 세포는 경이롭다.
'AI(인공지능)'만큼이나 학습능력이 뛰어나며 '인과관계'와 '맥락'을 파악한다.

동화책에 등장하는 동물의 모습이 달라도
귀가 길면 토끼, 코가 길면 코끼리, 목이 길면 기린인 줄 안다.
엄마의 눈빛만 봐도 감정을 파악할 수 있으며,
관심을 끌기 위해 일부러 아픈척하고 울기도 한다.

한번은 꼬맹이에게 큰 소리로 말하며 땅바닥을 친 적이 있는데
자기도 화가 나면 엄마와 똑같이 행동한다.
아이는 엄마의 말과 행동을 스펀지처럼 흡수하여 따라 하고 습득한다.
엄마는 아이의 거울이고, 아이에게 또 다른 내가 들어 있다.
아이의 말과 행동을 보며 내가 저랬나 반성하게 된다.

요즘 작은 말 하나, 사소한 행동 하나도 조심히 해야겠다는 생각으로 산다.
꼬맹이를 통해 삶의 지혜를 배우는 중이다.

토닥토닥

따라하며 배우는 중이에요.

우리 뇌에는 거울신경이라는 것이 있어요. 거울신경은 다른 사람의 행동을 그대로 따라할 수 있게 만드는
데 이때 '모방'은 학습하는 것에 매우 중요한 역할을 합니다. 부모를 따라하는 아기는 점차 감정이 분화되
고 인지도 발달하여 엄마, 아빠가 주고받던 말을 기억했다가 한 순간 내뱉습니다. 부모가 자식의 거울이라
는 사실을 기억해야겠습니다.

상처 연고

엄마라고 늘 '맑음'일 수는 없습니다.
한 번은 꼬맹이 돌보는 일이 힘에 부쳐
무릎에 앉혀놓고 '엉엉' 울었는데
꼬맹이가 엄마 표정을 살피더니
갑자기 입꼬리를 올려 환하게 웃어줍니다.

두 팔을 벌려 안아달라는 몸짓을 취하고
엄마 품을 차지하면 더욱 꼭 안깁니다.

아직 말도 제대로 못 하는 18개월 아기가
엄마를 위로합니다. 기특한 꼬맹이.

토닥토닥

부모도 화를 낼 수 있고 슬퍼할 수 있어요.

아기는 감정을 표현하는 부모를 보며 자신의 감정을 분화시킵니다. 물론 변덕스런 감정표현이나 부정적인 정서를 과하게 자주 보여주는 것은 예외입니다. 부모가 긍정과 부정의 정서를 건강하게 표현하는 것을 보여주어야만 합니다.

❖ 경이로운 선물

이 세상에서 제일 예쁜 영혼을 만나다니

꼬맹이는 엄마 아빠의 기쁨이 어떤지 상상도 못 할 거야.

너와 함께하는 매 순간은 다른 것과 비교할 수 없는 경이로운 선물이야.

하루를 밝게 만드는 미소,

삶이 진실되다고 믿을 수 있게 하는 눈빛,

피로를 풀어주고 고통을 누그러뜨리는 목소리.

이런 기적 같은 아름다움을 부모가 되지 않았다면 못 봤을 거야.

네가 태어나지 않았다면 할머니, 할아버지의 마음도 몰랐겠지.

꼬맹이 덕분에 엄마, 아빠의 슬픔이 금방 사라지고 힘을 얻는단다.

너와 함께한 모든 시간은 환한 등불 같아서 밤하늘의 길을 열고 꿈을 꿀 수 있게

만들지.

'사랑을 싹트게 하는 귀여운 아가야.

어떤 시련이 와도 용기를 가지고 삶의 멋진 장을 향해 힘차게 다가가렴.

엄마, 아빠가 영원히 너와 함께할게.'

3

엄마이기 전에
소중한 나

엄마로 살면서 포기해야 할 것도,

해야 할 것도 많지만 '엄마'니까 감당할 수 있습니다.

아이는 완벽한 엄마를 바라지 않습니다.

그럭저럭 괜찮은 엄마면 충분합니다.

◆ 아낌없이 주는 나무

꼬맹이 비 맞지 않게
가려줄게.

아이에 대한 걱정은 아이가 자궁에 있을 때부터 시작된다. 엄마는 아이의 사소한 요구에도 온 신경이 곤두서고, 작은 아픔이나 작은 변화에도 민감하며, 많이 아프면 다 나을 때까지 마음을 졸인다. 아이를 위해서 내 것을 포기하는 것이 당연해지고 아이가 원하면 앞뒤 가리지 않고 해준다. 희생에 대한 보상을 바라지 않으며 하고 싶은 일을 포기하는 것이 쉬워진다. 아이의 미소, 포옹, 뽀뽀, 애교 섞인 몸짓이 포기한 것을 메꾸고도 남을 만큼의 보상이라 생각한다.

> She loved a little boy very, very much
> even more than she loved herself.
> 그녀는 어린 소년을 매우 사랑했고,
> 그녀 자신보다 훨씬 더 사랑했다.

어렸을 때 '아낌없이 주는 나무'를 읽고는 소년의 행동이 얄미웠다. 내 눈에 비친 소년은 나무의 모든 것을 빼앗은 욕심쟁이 아이였고, 받기만 하는 아이였다. 그런데 이제 보니 엄마가 입혀주고 재워주고 청소해주고 밥해주는 일을 당연하게 여긴 내가 소년과 똑 닮아 있는 것을 발견했다. 받기만 한 소년은 나, 주기만 한 나무는 엄마다.

나무는 소년에게 사과와 나뭇가지와 기둥까지 주고도 더 이상 줄 게 없어지자 미안하다고 말하며 그루터기에라도 앉아 쉬라고 한다. 나무는 이제 아무것도 없지만 소년과 함께 있어 행복해 보인다. 엄마가 된다는 것은, 잊고 살았던 엄마의 사랑을 이해하는 과정이다. 끝까지 사랑하지만 주지 못할 때 미안해하는 마음을 배워가는 과정이다.

나한테 없을 것 같았던 사랑의 능력과 마주하며 '아낌없이 주는 나무가 되어가는 과정'이 '육아'인지도 모르겠다.

◆ 기약 없는 기다림

몇 개월 후 꼬맹이를 어린이집에 보낼 생각이라
집 근처에 어떤 어린이집이 있는지 찾아보았다.

어떤 어린이집을 선택하면 좋을지 조언을 구하고자
친구에게 전화했는데... "뭐? 서두르라고?"

엄마이기 전에 소중한 나 ●

입소 대기를 신청하자 상황 파악이 되었다.
어린이집에 못 갈 수도 있다. 받아만 준다면 어디든 보내야 한다.

지원할 수 있는 어린이집은 최대 3곳.
세 군데 비슷하게 5명 대기!

순위에서 밀리면
못 들어간다. ㅜㅜ

시댁과 친정에 맡길 수 있는 상황이 아니라
어린이집에 가지 못할 때의 대안을 고민해야 하는 상황.

어린이집 입소 대란인데
우리나라 저출산 맞아?

틈만 나면 '아이사랑'
사이트에 들어가 대기 인원이
줄어 들었나 확인.

하원 도우미?

왕 초초.

아이 돌봄 서비스?

믿고 맡길 수 있는 이모님?

하... 일을 포기해야 하나?

입소 대기를 신청한지 5개월이 지나 1곳에서 연락이 왔고
'기약 없는 기다림'이 끝났다.
다행히 어린이집은 정해졌는데 또 다른 걱정이 시작된다.

어린이집은 다 똑같은 거 아니야?
(무지한 남편, 이럴 때 정말 밉상이다.)

남편, 여기 괜찮겠지?

'아동학대'로 시끄러운
어린이집도 많던데...

하아~ 걱정이
끝이 없네.

엄마이기 전에 소중한 나 ●

맞벌이니까 어린이집에 쉽게 보낼 수 있지 않을까 싶어 딱히 생각하고 있지 않다가 친구가 입소 대기 신청을 해야 들어갈 수 있다는 말을 듣고 서둘러 임신육아종합포털 '아이사랑'에 접속해 입소 대기를 신청했다. 어린이집은 대기를 걸어놓았다가 순위가 되면 갈 수 있다는 것을 이때 알았다. 기약 없는 기다림 끝에 어린이집에서 전화가 왔을 때 오래 묵힌 체증이 내려가는 것 같았다. 어린이집에 상담을 갔을 때 "OO 어머니"로 불리니 내가 진짜 부모가 되었음을 실감했다.

'내가 누구의 엄마로 불리다니...'

입학 관련 축하 메시지를 받고 어린이집에 보낼 물건을 준비하면서 '책임의 무게'가 느껴졌다. 한편으로 잘 앉지도 기지도 못하는 7개월짜리 꼬맹이를 어린이집에 맡기는 게 '좋은 선택인가.'에 대한 고민도 컸다. 나쁜 엄마가 된 것 같아 마음이 무거웠다. 어린이집 원장님과 상담하고 돌아와 입소 취소를 할지 말지 백만 번은 생각한 것 같다. 가도 걱정, 안 가도 걱정. 며칠 동안은 걱정이 꼬리에 꼬리를 물어 쉽게 잠들지 못했다.

토닥토닥

어린이집에 보내기로 결심했다면 걱정은 내려놓으세요.

아기를 어린 시기에 어린이집에 보내야 하는 경우 부모의 마음은 매우 복잡합니다. 어린이집 환경에 대해 걱정도 되고 아기에게 미안하기도 합니다. 이러한 마음은 엄마의 마음을 매우 슬프게 만들죠. 어린이집에 보내기로 결심한 이후에는 복잡한 감정을 잘 정리하는 것이 필요합니다. 일찍 기관에 보내게 되었다면, 선생님과 잦은 대화를 통해 아이가 잘 적응하고 있는지 묻고 가정에서 질 좋은 양육을 제공하면 아기는 잘 성장하게 됩니다.

◆ 엄마가 미안해

조금이라도 빨리 가려고

속도를 낸다.

오늘도 마지막으로 남아있을까?

얼마나 기다렸을까.

꼬맹이가 웃으며 안길 때 더 속상하다.

온종일 놀아주고 싶지만 그러지 못해 마음은 늘 죄인.

돈이 뭐라고...

엄마이기 전에 소중한 나 ●

경제적인 이유로 맞벌이를 선택하는 경우도 있겠지만 내 일을 하고 싶어 워킹맘을 선택하는 경우도 있다. 나는 두 가지 모두에 해당한다. 아이를 낳아 엄마의 역할을 해내는 것도 중요하지만 결혼 전부터 내가 해오던 일도 중요하기에 어렵게 내린 결정이다. 하지만 아직 돌도 안 된 꼬맹이를 어린이집에 보내고 일을 하자니 늘 마음 한켠이 불편하다. 일터에서 돌아오면 아이와 함께 있어주지 못한 미안함 때문에 품에 꼭 안고 최선을 다해 놀아준다.

'애착관계 형성에 문제 생길지도 몰라.'
'말도 못하는 아이를 어린이집에 보내는 건 엄마 욕심이지.'

이따금 이런 질책을 받으면 안 그래도 아픈 마음에 가시가 박힌다. 내가 세상에서 제일 나쁜 엄마가 된 것 같아서 속이 상한다. 어린이집 다닌 이후로 감기를 달고 사는 꼬맹이를 보면 모두 내 탓 같아 마음이 아려온다. 아이만 돌보며 살아볼까 싶다가도 일을 포기하지 못하는 내가 미워 자책하기도 한다.
녹록지 않은 현실을 맞닥뜨리면 워킹맘은 그렇게 스스로 죄인이 된다.

◆ 혼자만의 시간

약속이 있어 밤늦게 들어온 남편에게 툴툴대니
내일 자기가 독박육아를 할 테니 혼자만의 시간을 가지라고 합니다.

눈 뜨자마자 예쁘게 치장하고 집을 나섭니다.
꼬맹이에게 집중했던 시선을 주변으로 돌리니
풍경이 눈에 들어옵니다.

엄마이기 전에 소중한 나 ●

북 카페에 들러 읽고 싶었던 책을 읽고
커피 한 잔의 여유를 즐깁니다.

맛집에서
여유롭게 밥을 먹습니다.

혼자만의 시간이 주어지면
온전히 누릴 수 있을 거라 생각했는데
다 써가는 기저귀와 물티슈가 갑자기 떠올라
제품을 구매합니다.

갑자기 꼬맹이가 보고 싶어
피식-, 웃음이 납니다.

꼬맹이 잘 있냐고 남편에게 카톡을 보낸 후 집으로 돌아갑니다.
혼자만의 시간이 아무리 좋아도 그걸 포기하게 만드는 꼬맹이가 있는 곳으로

엄마이기 전에 소중한 나 ●

남편에게 꼬맹이를 맡기고 혼자만의 시간을 보낼 수 있게 된 날.
'잠깐이라도 꼬맹이가 없던 시절로 돌아가 그 누구의 간섭 없이 혼자만의 시간을 즐겨야지.' 마음먹고 카페에서 차를 마시고 맛집에서 밥을 먹고 마음에 드는 옷도 샀다. 그러다 다 써가는 육아용품이 갑자기 생각나 쇼핑몰에 접속하여 제품을 구매하고, 핸드폰 사진첩을 보다가 꼬맹이가 보고 싶어 남편에게 꼬맹이와 잘 있냐고 카톡을 보낸다. 잘 먹고 잘 놀고 있다는 말에 안심하면서도 아이가 보고 싶은 마음이 드는 건 어쩔 수 없다.

'아무것도 신경 안 쓰고 마음껏 놀다 들어가야지.' 했는데...
꼬맹이와 연관된 것을 생각하지 않은 시간은 딱 한 시간 정도였다.
짧고 굵게 끝난 혼자만의 시간.
다음에는 좀 더 길게 제대로 즐길 수 있으려나.

◆ 퇴근 후 또 다시 출근

퇴근하는 길. 어린이집에 들러 꼬맹이를 데리고 집으로 간다.
회사에서는 퇴근했지만 집으로 가는 길은 또 다른 출근길.

감기에 걸려 열도 나고
목소리도 잘 나오지 않지만
동화책도 읽어주고 동요도 불러준다.

엄마이기 전에 소중한 나 ●

저녁을 먹을 새도 없이 징징대는
꼬맹이와 까꿍놀이를 하며

최대한 웃는 모습만 보여준다.

거의 먹지 못한 밥

엄마 없지요.

얼굴을 가렸을 때는
웃기 없는 무표정

엄마 여기있지.

까꿍

까아아

까꿍 할 때는
환하게 웃는 표정

그런데 꼬맹이가 갑자기 토를 하며 운다.
서둘러 꼬맹이와 바닥과 매트를 닦는다.

내 옷에 묻은 토를 닦을 겨를도 없이
우는 꼬맹이를 진정시키기 위해
한참을 안아주고 목욕시킨 뒤
새 옷으로 갈아입힌다.

물 묻혀서
냄새 안 날 때까지
닦고 또 닦고

아고- 우리 아가,
심하게 토했네.

토 흔적

앵

옷에 묻은 토. 아직 내 옷을
갈아입지 못해 찝찝

엄마와 절대
떨어지지 않으려는
꼬맹이

새 옷

남편에게 전화해 꼬맹이가 토했다는 소식을 전한다.
내가 감기 걸린 것은 눈치 채지 못한다.
감기 걸렸다고 알려주니 그제야 목소리가 이상하다고 하는 남편.

꼬맹이 괜찮아요?
뭐 잘못 먹었나 보네.
저녁에 뭐 먹었어요?
급하게 먹었나?
이상한 거 삼킨 거 아니에요?

식사 후 조금 있다가 토했는데
속이 안 좋은 것 같아요.
남편, 나도 몸이 안 좋아요.

엄마이기 전에 소중한 나 ●

퇴근 후 어린이집으로 뛰어가 꼬맹이 봤는데
혼자 남아 있어서 속상했어요.
집으로 와 저녁먹이고 놀아주다가
토한 꼬맹이 닦고 여기저기 묻은 곳 닦고
목욕시켰는데 내가 몸이 안 좋으니까
너무 힘들었어요.
오늘 일찍 온다고 했는데 아직 출발 안 했어요?

이번 연말까지 회사 일이 바빠서
일찍 못 들어가는 날이 많아요.
힘든 건 알겠는데...
당장 내가 해줄 수 있는 게 없어요.
일찍 퇴근하는 날 많이 도와줄게요.
힘내요.

얼마간 이어지는 침묵...
알겠다고 말하고 전화를 끊는다.
징징대는 꼬맹이에게 괜히 화풀이한다.

엄마이기 전에 소중한 나

퇴근 후 집으로 또다시 출근하는 나는 워킹맘이다.

남편보다 일찍 퇴근하는 나는 집에 오자마자 제2의 업무 '육아'를 시작한다.

꼬맹이를 보는 것 외에 다른 것을 할 수 없는 저녁 시간.

하루 종일 떨어져 있던 탓인지 엄마와 밀착되어 있기를 원하는 꼬맹이는

엄마가 자기를 바라보지 않으면 큰 목소리로 징징댄다.

꼬맹이가 떼를 쓸 때 화내지 말아야지 무던히 노력하다가도

몸이 아프면 평정심을 잃어, 사랑스러움이 미움으로 순식간에 변한다.

조금만 건드려도 '짜증'이 툭 튀어 나오는 아슬아슬한 저녁 시간.

남편에게 전화를 걸어 힘들었다고 이야기하면 '그랬구나.' 공감해주기보다는

'지금 당장 내가 해줄 수 있는 게 없어요.'하며 방법을 찾으라 한다.

공감 한마디면 위로받고 마무리될 대화가

문제를 해결하려는 이성적인 남편의 말에 긴 침묵으로 이어진다.

우는 아이를 달래고 놀아주며 씻기고 재우면 저녁 9시가 넘는다.

함께 꼬맹이를 돌보기 위해서는 남편이 일찍 퇴근해야 하지만

1년 365일. 남편의 평균 퇴근 시간은 저녁 10시.

그때 되면 꼬맹이는 이미 자고 있다.

회사 일과 육아 업무를 동시에 수행하며 바쁘게 돌아가는 일상이

거대한 쳇바퀴 속을 걷는 기분이다.

◆ 워킹맘의 아침

알람을 맞춰 놓지 않아도
매일 같은 시간 자동으로 기상한다.
빛의 속도로 화장한 후 아이를 깨워
어린이집에 갈 채비를 한다.

뜻하지 않은 손님이 현관문을 열고
들어올 때가 있다.

엄마이기 전에 소중한 나 ●

감기가 찾아와 몸이 두 배로 힘들 때 꼬맹이가 울지 않고
엄마와 잘 떨어지는 날은 고맙다. 그래도 찡한 마음은 어쩔 수 없다.

엄마가 오후에 데리러 올게요.
그동안 선생님과 친구들이랑
즐거운 시간 보내고 있어요.

엄마,
빠빠이~

지하철 출구에 도착하자마자 갑자기 찾아온 시련

잉?
교통 카드가 없다.
현금도 없다.

다시 컴백 홈.
늦지 않기 위해
초고속으로 달리며 숨은 재능을 발견한다.

달리기 왜 이렇게 잘해?
이 와중에 구두 안 신고 운동화 신어서 다행.
운동한다고 생각하지 뭐.

이놈의 감기야,
떨어져라.

감기 친구 당황.
같이 가~

아침을 달리는 아줌마.

엄마이기 전에 소중한 나 ●

시간과 싸우고 감기와 싸우고 미적거리는 남편과 싸우게 되는 워킹맘의 아침은 매일이 치열하다. 아이가 아픈 날이면 병원에 들러 진료를 보고 약 타서 어린이집에 가느라 더욱 바쁘고, 아이에게 아침밥을 제대로 먹여본 적이 없어 미안하고, 하루 종일 아이와 떨어져 있을 생각을 하니 안쓰럽다.

어린이집 문 앞에서 선생님의 품에 안겨 잘 다녀오라고 인사를 해 주는 날엔
아무리 힘들어도 기분 좋은 출근길이지만
엄마랑 떨어지기 싫어 엉엉 우는 아이를 억지로 떼 놓고 돌아서면
나도 눈물이 그치지 않는다. 이런 날은 발걸음도 천근만근이다.

열심히 일하고 얼른 꼬맹이 만나러 와야지!

◆ 어린이집 알림장(feat. 키즈노트)

어린이집 선생님은 말을 참 이쁘게 하신다.

알림장 책 속의 토끼 인형을 갖고 와서 안아주는 우리 꼬맹이.
토끼를 품에 안기 전 탐색부터 철저히 해 보네요.
점심시간, 짜장밥 맛이 꼬맹이의 침샘을 자극한 듯
참 맛있게도 먹네요!!

엄마이기 전에 소중한 나 ●

세심하게 신경 써주시는 모습이 보인다.

알림장 미세먼지가 있는 날이라 마스크 쓰는 방법을 배웠어요.
꼬맹이의 예쁜 미소가 더위를 잊게 하네요.
낮잠 잘 때 외에는 "음마"를 계속 외치는 기쁨이 아이콘 우리 꼬맹이.
"음마"는 꼬맹이의 기분 좋음을 알리는 신호입니다.

꼬맹이의 기분과 건강 상태, 체온과 배변 상태까지 자세히 체크해주신다.

알림장 꼬맹이 재롱에 어린이집이 밝아져요. 무언가 조금만 가려지면
'까꿍'하는 요정이에요. 어제, 그제 응가가 딱딱해 불편했을 텐데
떼쓰지 않고 잘 지내주어 고마움을 전하고 싶어요.
다행히 오늘은 건강한 응가를 두 번 했고 콧물이 많이 줄었어요.

선생님과 문자 대화를 하며 걱정거리가 해소되기도 한다.
부모와 소통하려는 모습이 감동이다.

알림장 댓글

꼬맹이 엄마

감기로 컨디션이 좋지 않아 3일째 밥 안 먹고 우유만 먹었어요.
어린이집에서 식사는 잘했어요?

선생님

네. 점심도 정량 먹고 오후 간식도 다 먹었어요.

꼬맹이 엄마

4일째 응가를 안 해서 소아과에 가려고요. 변비약 먹어야 할 것 같아요.

선생님

어머니. 먹어야 밀어내죠. ^^ 오늘 응가할 것 같은데요?
기다렸다가 오늘까지만 지켜보면 어때요?

꼬맹이 엄마

와아~ 선생님. 선생님. 꼬맹이 응가 했어요!

엄마이기 전에 소중한 나 ●

'띠링~' 오후 2시는 어린이집 알림장에 새로운 글이 올라오는 시간이다.

꼬맹이가 다니는 어린이집은 하루도 빠짐없이 '키즈노트(알림장)'를 써준다. 어떤 놀이를 하며 보냈는지 상세하게 적힌 글과 사진을 보면 꼬맹이의 하루를 짐작할 수 있다. 꼬맹이가 아픈 날은 더욱 알림장 글을 기다리게 되는데, 잘 먹고 노는 모습을 확인하면 안심이 된다. 아이와 오랜 시간 함께하지 못하고 아파도 바로 달려가지 못하니까 워킹맘 입장에서는 알림장의 모든 게 특별하다.

아이들 자는 시간이 선생님의 유일한 휴식 시간이지만 이 짧은 틈을 이용해 키즈노트를 작성해주신다. 아이들마다 서로 다른 내용을 적다 보면 두 시간이 훌쩍 지나 선생님의 쉬는 시간도 사라진다. 이렇게 정성을 다해 올려주는 글은 선배의 조언, 친구의 응원, 엄마의 걱정으로 버무려진 편지 같아 종종 감정이 벅차오를 때가 있다. 선생님의 글에 댓글을 달아 감사의 마음을 표하면 이어 또 댓글이 달린다. 꼬맹이를 키우며 어려운 점을 물어보면 해결책을 알려주거나 해결방법을 같이 찾아보자는 답변이 달린다. 내게 '키즈노트'는 '소통 창구'이자 '상담 창구'다. 키즈노트 덕분에 어린이집에 대한 신뢰가 더 생겼다.

'키즈노트'는 아이의 활동 기록뿐만 아니라 공지사항, 아이의 기분, 건강, 체온, 식사 여부, 취침시간, 배변활동까지 확인할 수 있다. 가족 모두가 키즈노트 어플을 깔아 같은 아이디로 로그인해두면 어린이집 알림을 받을 수 있는데, 시어머니는 알림장 보는 낙으로 사신다고 한다.

힘든 업무로 축 늘어진 지친 오후에 '단비 같은 존재! 키즈노트!'
오늘도 '띠링~ 띠링~' 알림이 울리는 시간이 기다려진다.

◆ 가짜 엄마 vs 진짜 엄마

엄마의 빈자리를 채우는 물건은 '가짜 엄마'다.

이불 갖고 놀기

옷장에서 엄마 냄새나는 옷 찾기

보드라운 촉감의 인형 갖고 놀기

엄마이기 전에 소중한 나 ●

'진짜 엄마'가 나타나면 '가짜 엄마'를 내려놓고 잽싸게 달려온다.

'가짜'보다는 '진짜'가 좋지?

엄마이기 전에 소중한 나 ●

꼬맹이에게 엄마를 대신할 '엄마 대용품'이 생겼다.
보드랍고 따뜻한 촉감이 엄마 품 같아서일까.
이불과 인형을 꼭 끌어안고 얼굴을 부비고
옷장에 있는 엄마 옷을 꺼내 한참을 가지고 논다.
'엄마 대용품'을 꼭 붙들고 있는 모습을 보면 마음이 무겁다.
직장에 다니는 엄마 때문에 배우지 않아도 될 '이별'을
일찍부터 경험하게 한 것 같아 마음이 아리다.

어린이집 현관문 앞에서 꼬맹이를 부르는 엄마 목소리가 들리면
하던 일을 멈추고 큰소리로 '엄마'를 부르며 빠른 걸음으로 달려온다.
엄마와 함께 하는 게 마냥 좋은 꼬맹이는 겨우 20개월.
슬펐던 마음도 두려웠던 마음도 한순간에 사라지는 곳.
꼬맹이에게 가장 포근하고 안전한 곳은 '엄마 품'이다.

토닥토닥

아이가 인형을 항상 들고 다녀요. 그대로 놔둬도 될까요?

애착을 맺은 대상과 분리될 때 아이는 좌절을 경험합니다. 그 좌절을 견디고 진정한 분리를 할 수 있도록
돕는 물건들이 있는데 그것을 '중간대상(애착물건)'이라고 해요. 인형, 이불, 베개, 엄마의 옷 등이 그것입니
다. 이것을 가지고 노는 행동은 엄마를 그리워한다기보다 좌절을 견디고 성장하도록 돕는 과정이니 중간
대상(애착물건)을 억지로 뺏으려 하지 말고 지켜봐 주세요.

엄마이기 전에 소중한 나 ●

'워킹맘'이었다가 임신과 출산으로, 둘째의 출생 등 여러 이유로 직장을 그만두고 '전업맘'을 선택하는 경우가 많다. '전업맘'이 된 이후로는 더 이상 직장 동료들과 점심을 같이 먹고 커피를 마시며 산책을 하고 일상 대화를 나눌 수 없다. 육아와 관련된 이야기를 나눌 친구가 필요하지만 아이를 돌보거나 아이와 함께 외출하려면 신경 쓸 것들이 많아 친구들과 약속 잡기가 힘들고 가끔 만나는 친구와도 빨리 헤어지게 된다.

가끔 머리부터 발끝까지 근사하게 꾸미고 직장에 출근하는 여성을 보면 내 자신이 초라하게 느껴진다(아무도 그렇게 생각하지 않는데, 나도 모르게 그런 생각이 든다). 돈을 버니 남편 눈치 안 보고 사고 싶은 것을 마음껏 살 수 있고 남편에게 큰소리 칠 수 있을 것 같아 부럽다. 웬만한 부자가 아닌 이상 구매 활동과 여가 생활에는 제약이 있다. 사람들을 만나거나 배우거나 만들고 노는 일에는 돈이 드니까 자유롭지 못하다. 자신보다는 아이 물건 위주로 구입하게 되고, 핫딜이나 최저가를 찾아 구매한다.

'전업맘'은 집에서 하루 종일 아이와 지내거나 아이를 어린이집에 보낸다. 집에서 아이와 24시간을 함께하는 전업맘은 아이의 응석과 이유 없는 짜증, 고집을 받아주다 보면 정신이 혼미해진다. 아이를 돌보는 일이 적성에 맞는 엄마라면 스트레스는 덜 받을지 모르겠지만 체력적인 소모는 더하면 더하지 덜하지 않다. 어린이집에 보내는 전업맘이라면 쉴 수 있는 시간이 주어지므로 집에서 논다고 생각하는 사람도 있지만 직접 경험해 보면 절대 그런 소리 못한다. 시간이 분명히 있지만 쉴 수 없다. 쉬지 못

하는 게 아니라 쉬지 않는다. 청소, 설거지, 빨래를 하고 마트에 가서 장을 봐 온 후 아이가 먹을 반찬을 만들어둔다. 또, 아이 발달사항을 체크하여 신체와 언어와 인지 발달에 도움이 되는 교구들을 찾아 구입한 후 어린이집 준비물을 미리 챙긴다. 바쁘게 이리저리 왔다갔다 하면 어느새 어린이집 하원 시간이 가까워진다. 아이가 아프면 하원 후 병원에 들러 진찰을 받고 약을 처방받는다. 또 아이의 예방접종과 구강검진, 건강검진 일정을 체크하여 때에 맞춰 병원에 데리고 가야 한다.

'엄마'는 가정 내에서 육아와 교육과 건강을 챙기며 충실히 맡은 일을 수행하는 또 하나의 직업이다. 전업맘도 워킹맘, 세상의 모든 엄마는 워킹맘인 것이다.

이윤 추구와 생산성을 유일한 가치로 믿으며 살아온 현실이 돈을 벌지 않는 전업맘을 아무것도 하지 않는 사람으로 평가할지도 모른다. SNS에서 전업맘에 대해 '집에서 노는 사람', '남편 월급 축내는 사람'으로 폄하하는 글을 종종 보게 된다. 아이를 어린이집에 보낸 후 카페에 앉아 커피 마시는 엄마를 '커피충'으로 비하하는 말을 하는 사람도 있다.

돈을 벌지 않는다고 쓸모없는 사람으로 취급하고 버는 돈의 액수로 인간의 가치를 매기는 것은 잘못된 생각이다. 아이를 키우는 존재로 주목하고 돌봄의 가치를 높이 평가해야 한다. 솔직히 아이를 키우는 엄마보다 생산성 높은 직업이 어디 있는가? 엄마는 본래 역사적으로 생산의 뿌리이자 생산의 원천이다. 뼈를 깎는 고통을 이겨내고 이 사회의 밝은 미래를 책임질 건강한 아이를 생산했으니 모두 대통령상을 받아야 마땅하다. 누가 국가의 경쟁력을 높이고 생산성을 높이는가? 엄마 뱃속에서 나온 자식들이다. 우리 모두는 엄마의 뱃속에서 나와 엄마의 손에서 컸다. 전업맘은 티 나지 않는 집안일과 육아를 담당하며 무보수로 그 누구보다 최선을 다하고 있다.

엄마이기 전에 소중한 나

전업맘은 인생에서 가장 가치 있는 시간을 샀다. 아이가 엄마를 가장 필요로 하는 시기에 마음껏 사랑을 주고 아이는 엄마로부터 진정한 사랑을 느낄 수 있으니 정말 멋진 시간을 번 셈이다. 엄마라는 존재는 그 이름만으로도 아이에게 큰 힘이 된다.

"우리는 '엄마'라는 이름으로 해낼 수 있습니다. 존경합니다. 응원합니다."

토닥토닥

전업맘과 직장맘의 가치를 비교하는 것은 무의미해요.

그 어떤 일도 쉽다거나 가볍다고 판단할 수 있는 객관적 근거가 없어요. 아이들과의 관계에서도 양적으로 시간은 넉넉하나 질적인 것을 보장할 수 없고, 질적인 것은 노력하나 양적으로 부족할 수 있어요. 그리고 거기에 엄마들의 심리적인 상황까지 천차만별입니다. 우리는 '나'라는 사람에 더하여 엄마라는 제2의 직업에 각자의 방식대로 충실할 뿐이죠. 전업맘도 직장맘도 똑같은 엄마일 뿐이에요!

일과 육아, 모두 잘 해낼 수 없을까?
한 가지만 선택해야 비로소 마음이 편해질까?

엄마이기 전에 소중한 나 ●

'내 일'과 '육아'.

선택의 갈림길이 나타날 때마다 둘 다 포기하기 싫어

어떻게든 다 잘 해보겠다고 애쓰지만

여러 가지 일을 꾸역꾸역 담은 인생의 상자는 금방이라도 터질 것 같은 모양새다.

일과 육아, 모두 잘 해낸다는 건 불가능한 일일까?

둘 중 하나와 안녕을 고해야 비로소 마음이 편해질까?

토닥토닥

그 마음 이해해요.

일과 육아를 매우 잘 해냈다고 생각하는 부모가 얼마나 있을까요? 한 가지도 잘 해내기 어려운 커다란 과제잖아요. 이것은 두 가지 모두 완벽하게 잘 해내려는 엄마의 기대치 문제입니다. 아이가 건강하게 성장한다면 시간이 지날수록 엄마에게 이 문제는 점점 작아지게 됩니다. 초등학교만 들어가도 아이의 자아가 커져 부모로부터 분리되기 때문입니다.

꼬맹이가 다니는 어린이집은 아파트 1층에 있는 가정 어린이집이다. 집과 어린이집이 걸어서 10분 거리라 등하원에 유모차를 이용한다. 혼자 남아있을 확률이 높은 꼬맹이에게 최대한 빨리 가기 위해 등원할 때 가져간 유모차는 계단을 올라가 1.5층의 복도 라인에 놓는다.

한번은 무거운 유모차를 들고 계단에서 내려오기가 버거워 '흐아아~' 끙끙 앓는 소리를 냈는데, 1층에 서 계신 어르신이 "1층 공간 많이 비는데 여기에다 놓지. 뭐 계단까지 올라가 유모차를 놨어?"라고 하셨다.

"엘리베이터 이용하는 분들이 유모차가 있으면 불편하다고 하셔서 1층에 놓지 않아요."라고 대답했더니, 혀를 차시면서 이렇게 말씀하셨다.

"요즘은 인정이 없다니까. 애들 키우는 엄마들이 얼마나 힘든데 이런 것도 이해 못 해? 애는 혼자 봐요?"

"네에. 시댁과 친정에 손 벌릴 형편이 아니라서요. 아이가 순해서 괜찮아요."

"요즘 엄마들이 더 힘들지. 옛날에는 동네에서 다 키웠어. 서로 잘 아니까 같이 키우고, 엄마는 아이 맡기고 잠깐 어디 갈 수도 있었는데 말이야."

낯선 어르신이 젊은 엄마에게 다가와 건넨 말은 육아를 경험한 분의 진심 어린 위로이자 힘을 내라는 토닥임. 따뜻하고 진한 공감이었다. 공감은 마음도 세상도 따뜻하게 한다. 공감을 나누면 아픔도 슬픔도 희미해진다. 무너진 마음을 솟아나게 하는 공감의 힘은 이렇게 세다.

4

부부 & 아빠 육아

진정한 엄마 아빠로

우리는 누군가의 엄마, 아빠로 불립니다.

신이 주신 선물 덕분에 이렇게 가족이 되어가는 중입니다.

그 선물은 우리를 성장하는 부모로 만들어갑니다.

◆ 멀티플레이어

고생 많았어요.

나 그림 마감으로 바쁜데
당신이 꼬맹이랑 놀아주세요.

회사 다녀왔어요!

네에~ 옷 갈아입고요.

멀티플레이가 가능한
남편이었어?

남편, 꼬맹이 봐 달라니까
뭐해요?

깔깔깔~
두구두구
다다다

애
보고 있어요.

두구두구
다다다

꺄르르
꺄르르

헐~

툭툭
흔들흔들

진정한 엄마 아빠로 ●

남편의 애 보는 능력이 탁월하게 느껴질 때가 있다. 나보다 쉽게 놀아준다.

대부분의 남편이 집에 있더라도 아이를 잘 돌보지 못할 것이라는 선입견 때문에 맡겨도 불안해한다. 그건 나도 마찬가지! 아이의 상태를 섬세하게 살피는 내 눈에는 남편의 돌봄이 서툴기 그지없다.

그러나 남편은 그만의 전략으로 아이와 즐거운 시간을 보낸다.

남편의 육아 참여가 힘이 들고 시간이 걸려도 끊임없이 맡기고 협상하는 것이 필요하다.

남편을 육아전문가로 만들어 놓으면 내가 쉴 수 있다.

가끔 꼬맹이를 맡겨놓고 쏜살같이 사라져야지.

토닥토닥

모성에 비해 부성은 조금 늦게 발달할 수밖에 없어요.

태내에서부터 교감하는 엄마와는 다르게 실제로 태어나야 아이라는 존재를 인식하고, 나아가 상호작용하기까지 시간이 좀 걸려요. 신생아 때부터 아빠가 접촉을 많이 한 경우 아빠의 부성도 일찍 깨어날 수 있어요. 물론 사람에 따라 차이가 있다는 것은 인정해야겠죠?

◆ 아빠에게 아이를 맡겼을 때

이쁜 꼬맹아.

준비 됐니?

파인애플 노트북

진정한 엄마 아빠로 ●

나와 함께하자.

재장전!

적군을 향해 돌격!

승리했다.

남편에게 꼬맹이를 맡기면 꼬맹이를 장난감 삼아 논다.

애를 본다는 건지...
애랑 논다는 건지...

후자가 맞지 싶다.

뭐 어떤 거든 애랑 시간을 같이 보내는 건 참 좋은 것 같다.
엄마처럼 세심하게 보듬어주지는 못할지라도
엄마와 전혀 다른 스타일의 아빠와 보내는 시간은 '에너지 넘침'이라는 것은
아직 말을 못하는 아가이긴 하지만 분명 느끼고 있을 터.

덕분에 엄마도 좀 쉬자.

아빠가 아이를 가지고 노는 것 같아요.
아빠는 엄마와는 다르게 아이에게 모험이 될 만한 놀이를 경험할 수 있도록 허용하고 지지하면서 함께 할
힘이 있어요. 이러한 점이 아이의 신체 발달뿐만 아니라 사고력, 두뇌발달에 도움을 줍니다. 위험한 놀이가
아니면 충분히 둘 만의 방식으로 놀이를 할 수 있도록 지켜봐주세요.

◈ 진정한 고수

진정한 엄마 아빠로 ●

당신이 '진정한 고수'이십니다.

진정한 고수는 손에 똥 묻는 것
따윈 신경 쓰지 않지.

남편은 똥 기저귀를 갈 때 손에 똥을 묻히지 않는 게 고수라 하였지만
진정한 고수는 손에 똥이 묻는 것 따위는 신경 쓰지 않는다.
진정한 고수는 똥을 피하지 않는다. ㅎㅎㅎ

토닥토닥

아빠의 육아참여, 환영합니다.

자녀가 어릴 때부터 아빠가 육아에 참여하면 아빠와 아기의 애착관계가 좋아져 정서적으로 안정됩니다.
이러한 안정감은 새로운 환경을 탐색할 때 더 자신감 있는 태도를 보입니다. 기저귀 갈기, 이유식 먹이기
등 육아에 좀 더 많이 참여해주세요.

◆ 아들 바보

이 세상 아빠 중 '딸 바보'만 있는 건 아니다.
우리 집에는 '아들 바보'가 산다.
아들과 같이 목욕도 하고

직접 이유식을 만들어 먹이고

진정한 엄마 아빠로 ●

이구~ 이뻐라.
우웅~ 뽀뽀.

퇴근하고 집에 돌아오면
안고 물고 빨고 난리다.

보고 또 보고, 다시 보고

깔깔깔

인스타그램에 아기 사진으로
도배하지 않을 거라 장담했던 남편은
나보다 꼬맹이 사진을 더 많이 올린다.

꼬맹이 사진 수둑!

#아들바보 #아들스타그램
#우리아들 #아들사랑
#애스타그램 #아빠육아

미래에 아들이랑 놀아줘야 한다며
체력 보강을 위해 갑자기 안 하던 운동을 시작한 남편.
영락없는 '아들 바보'다.

아기 낳기 전에는 아이를 별로 좋아하는 것 같지 않았는데, 꼬맹이가 태어난 후로는 영락없는 '아들 바보'다. 자식을 낳아보면 안다. 아들 딸 상관없이 얼마나 이쁘고 사랑스러운지. 특별한 것도 아니고 남들 다하는 것에도 하트가 뿅뿅 터진다. 특히, 아이가 백만 불짜리 미소로 웃어주는 날이면 피곤이 눈 녹듯 사라진다.

육아의 고단함을 이해해주고 무엇이든 함께하려고 노력하는 남편은 꼬맹이를 씻기는 일, 이유식을 만드는 일은 물론 꼬맹이와 놀아주는 일까지 척척 해낸다. 꼬맹이와 함께 하고 싶은 놀이를 따로 메모장에 정리해놓고 한참 뒤에나 갖고 놀 것 같은 장난감을 미리 주문해놓기도 한다.

'우리 남편이 달라졌어요' 프로그램에서나 볼 법한 이상적인 행동을 보여주는 남편은 "세 식구가 함께여서 행복하고, 앞으로 꼬맹이가 어떻게 성장할지 기대돼요."라고 다소 느끼하지만 귀여운 멘트까지 날린다. 아들이 생긴 이후로 남편은 '아들 바라기', '아들 바보'가 되었다.

토닥토닥

아빠의 영향력은 매우 큽니다.
아빠가 아이의 어린 시기부터 양육에 참여할 경우 더 큰 영향력을 미쳐요. 아이가 성장하면서 감정을 조절하는 힘, 사회성, 사회적 관계를 맺는 기술(대화법, 문제해결 등)을 더욱 더 습득할 수 있다는 연구결과가 있습니다.

◈ 제발

벨 누르는 남편.

벨소리에 꼬맹이 깼어요.
현관키 안 챙겨갔어요?

색시, 나 왔어요.

씨-익

띵동
띵동

자고 있던
꼬맹이 깸.

밖에서 TV보다가 심심해서 문 연 남편.

꼬맹이 뭐해요?

꽝
꽝

깜짝이야!
애기 자고 있었는데...

요란하게 재채기하는 남편.
그것도 크게 연거푸

에췌이-
집 떠나가는 줄

에취-

꼬맹이
놀라서 깸.

자장가 불러주라고 하니까 열창하는 남편.
제발... 꼬맹이 좀 깨우지 마요.

잘 자라. 우리 아가.
앞뜰과 뒷동산에-
새들도 아가 양도
다들 자는데-

남편! 남편!
볼륨 낮춰요.

잠 잘 자다가
자장가 노랫소리에
깸.

진정한 엄마 아빠로 ●

요즘 아기 낳기 전에는 느끼지도 못했던 소리에 한껏 예민해져 있다.

꼬맹이가 작은 소리에도 잘 깨는 편이라 정말 조심하는데 남편이 오면 물거품이 된다.

문을 닫고 샤워하고 양치질을 하는데도 소리가 얼마나 큰지 잘 자고 있던 아기가 놀라 깬다. 어쩔 땐 재채기하고 콧물 푸는 소리가 무서운지 엉엉 운다. 남편에게 소리 좀 작게 해달라고 매번 부탁해도 등 돌리면 잊어버린다.

'애기 깨우는 상습범. 남편 머릿속에는 지우개가 들어있나?'

토닥토닥

섬세함이 부족할 수 있어요.

아빠는 엄마에 비해 섬세하지는 않지만 아빠만의 방식으로 아이를 사랑합니다. 그 방식대로 아이와 소통하려면 아빠에게도 시행착오를 경험할 기회가 필요해요. 엄마가 기회를 뺏지 않고 믿고 기다려주는 것이 필요하죠.

◆ 출동

엄마가 부재중이다.
우리는 이 비상상황을
잘 극복해야 한다.
제군들이 나를 도와 꼬맹이와
즐겁게 놀아주어야 한다.

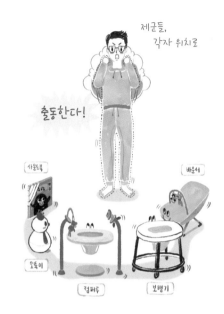

제군들,
각자 위치로

출동한다!

사운드북

바운서

오뚝이

점퍼루

보행기

모서리 공략 중...

모서리 부대

오물
오물

꼬맹이가 심심해한다.
사운드북 병사 출동!

싸대기 날림!

착
착

이런~ 사운드북 병사가 찢겨 부상을 입었다.
오뚝이 병사 출동!
절대 쓰러지지 않던 오뚝이 병사가 쓰러졌다.

너덜
너덜

책장 사이에
끼었음.

안 되겠다. 작전 변경!
보행기 병사 출동하여 꼬맹이를 다른 곳으로 이동시켜라.

믿었던 보행기 병사가 다리 부상을 당하다니...
비밀병기 점퍼루 출동!
꼬맹이를 뛰게 만들어 즐겁게 하라!
드디어 꼬맹이가 웃었다.

바운스 하사, 마무리를 부탁한다.
꼬맹이가 피곤해하니 재울 수 있도록 한다.

제군들, 정말 수고가 많았다. 내일을 위해 쉬도록!

7개월에 접어든 꼬맹이는 무엇이든 입으로 가져가 맛보고 손으로 만져보려 한다. 한 달 전만 해도 물건을 손으로 잡으면 금방 떨어뜨렸는데 이제는 젖병을 두 손으로 잡을 만큼 힘이 세졌다. 하루하루가 다르게 성장하고 있는 꼬맹이는 에너지가 마치 불화산 같아 '툭' 건드리면 뜨거운 마그마처럼 폭발할 것 같다.

꼬맹이와 놀아주다가 체력이 달려 조금 누우려 하면 등을 두들기고 머리를 잡아당기고 얼굴을 때린다. 이 에너지 넘치는 꼬맹이와 맨손으로 24시간 놀아주는 건 무리다. 한계를 느낀 나는 육아템으로 아이가 좋아할 것 같은 장난감들을 구매했다.

보통 엄마들이라면 월령별 아이의 발달을 돕기 위한 목적으로 꼼꼼히 따져 구매하지만 난 오로지 '이 장난감이 있으면 내가 좀 쉴 수 있겠지.'만 생각했다.

'무책임한 엄마'라는 소리를 들어도 좋다. 이것들이 있으면 조금이나마 내 손과 발이 쉴 수 있다. 장난감을 출동시켜 하나씩 꼬맹이 앞에 놓아주면 물고 빨고 핥고 아주 난리다. 오래 가지고 놀면 좋겠지만 장난감 하나가 그리 오래가지는 않는다. 찡찡대는 소리를 내기 시작하면 다른 장난감으로 교체해줘야 한다. 계속해서 다른 장난감을 출동시켜 놀아주다 보면 저녁이 된다.

나의 부재로, 반나절 독박 육아를 경험한 남편이 내가 돌아오자마자 건넨 말.

"점퍼루랑 쏘서랑 보행기는 최고의 발명품인 것 같아요"

맞다! 육아의 짐을 덜어주는 것이라면 최고의 발명품이 맞다!
진짜 이 장난감들 없었으면 어쩔 뻔했을까?

◆ 보고 싶었어

모두가 잠든 깊은 밤.
아빠의 포근한 품은 달님과 별님의 반짝 선물.

퇴근 후 꼬맹이 귀에 대고
"보고 싶었어."라고 속삭이는 남편.
조용히 안고 흔들다 뱉은 말에 코끝이 찡-
"아빠 얼굴 잊지 마."

어느 광고에서처럼 "아빠 또 놀러와."라는 소리를 듣지 않기 위해
아기가 잠들기 전에 퇴근하려고 노력하고 있다는 남편.
그 모습이 안쓰러우면서도 내심 고맙다.

토닥토닥

우리는 모두 노력중이에요.

모든 관계는 실수와 미숙함을 통해 성공과 성숙함으로 발전합니다. 양육도 마찬가지요. 엄마도 아빠도
실수와 미숙함을 인정하기를 두려워하지 마세요. 그런 과정을 통해 맞추어진 교감과 소통의 열쇠는 그 누
구에게도 견주지 못 할 만큼 견고하고 특별합니다.

우리 사이 괜찮은 거지?

옷이 한가득(절대 옷장에 걸어놓지 않음)
어차피 내일 또 입고 나갈 텐데 걸어 놓으면 귀찮다는 게 이유.

식탁 위에 올려진 여러 개의 컵.
컵이 다 떨어질 때까지 씻지 않음.
굳어 있는 음료의 흔적.
딱딱하게 굳어 있어 설거지할 때 빡빡 문질러야 함.

코 푼 휴지와 과자 먹고 난 빈 봉지,
아이스크림 봉지 등등.
아무 데나 두고 안 치움.

외출 시 땅바닥에 내려놓아 지저분한
장바구니를 책상이나 식탁 위에 그냥 올림.

가스레인지 사용하고 밸브 안 잠금.
조명 켜고 안 끔.

폰으로 동영상 보면서
느긋하게 씻음.(샤워 1시간)
물 낭비 매우 심함.

몸 닦은 수건이 행주와 걸레가 됨.
바닥 닦은 수건으로 식탁까지 닦음.

쓱싹

쓱쓱

머리 말리고 바닥에 떨어진 머리카락 안 치움.
욕실에 뭉친 머리카락 안 치움.

진정한 엄마 아빠로 ●

옷과 양말을 뒤집어진 채로 세탁기 안에 넣음.
뒤집어진 옷을 되집는 일은 나의 몫.

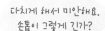

다치게 해서 미안해요.
손톱이 그렇게 긴가?

네, 길어요.
제발 손톱, 발톱 좀 잘라요.

깎지 않은 남편의 날카로운
손톱과 발톱에 스쳐
여러 번 스크래치 난 적 있음.

❶ 일반화 주의!
육아일기 속에 그려진 아빠와 남편이 모든 남성을 대표하지는 않습니다.

치워주지는 않아도 원래 있던 물건을 제자리에 갖다 놓는 건 어렵지 않잖아요.
"네"만 하지 말고 바로 해주면 좋겠어요.
남편과 사소한 말다툼을 할 때 제일 많이 사용하는 단어가 '바로'다.

진짜 별거 아닌 집안일이 큰 싸움이 된다. 집안일에 대한 불만을 가진 내가 먼저 남편에게 행동 양식 시정을 부탁하고(남편 말로는 '공격') 남편은 '알겠어요. 미안해요.'로 이 상황을 무마하려 하지만 약속을 이행하지 않고 미루다가 수위가 더 높아진 잔소리 공격에 도망간다. 이런 말해서 미안하지만 내 기준에서 나의 남편은 더럽고 게으르다. 그런데 우습게도 이 집안의 더러운 음식 쓰레기, 생활 쓰레기, 재활용품 같은 건 남편이 담당한다. 바로 행동하지 않고 미루고 미루다 버리는 경우가 대부분이다. '버릴게요.' 말하고 며칠 후에 버리는 식.

따라다니면서 청소하고 정리하고 버튼을 끄며 가스와 전기를 차단하는 내 모습은 불난 집에 불 끄러 다니는 소방관 같다. 남편에게 집안일에 조금 더 신경 써주면 좋겠다고 말했더니 자신은 양호한 편이라고 한다.

엄마에게 남편 이야기를 했더니 아빠도 똑같다면서 40년 동안 치우라고 이야기했지만 고쳐지지 않았다면서 이해하고 살라고 한다. 옷걸이를 무시하고 쌓여있는 옷들, 바닥에 굴러다니는 머리카락, 아무 데나 둔 휴지와 쓰레기 사진을 찍어 남편에 보여주고 이런 부분들은 개선되길 바란다고 이야기하면 며칠간 달라지나 싶다가 원래 상태로 돌아온다.

진정한 엄마 아빠로 ●

남편은 조금 덜 치우고 늦게 치우는 게 자신에게는 큰 문제가 되지 않는다고 한다. 몸이 좀 쉬어야 하는데 당장 하지 않아도 되는 집안일에 부지런 떨면서 계속 긴장 속에서 사는 삶은 좋지 않다며 나에게 그냥 있어보라고 한다. 집에서조차 예민하고 바쁘게 지내는 내가 안쓰럽고 늦잠도 푹 자고 멍하게 있다가 피로가 풀리면 몰아서 집안일을 처리하면 된다나.

맞다. 남편 말에도 일리가 있다. 푹 쉰 다음 한꺼번에 집안일을 하는 것도 나쁘지 않다. 어떤 일이든지 크게 보면 큰 일. 작게 보면 작은 일이다. 집안일을 대하는 태도와 습관 차이가 한순간에 좁혀지지는 않겠지만 나는 남편의 습관을 이해하고, 남편은 나의 부지런함에 동참해 주는 모습이 필요할 것 같다. 그게 같이 사는 사람에 대한 배려니까.

토닥토닥

파충류의 뇌를 가진 남편?

남자들의 뇌는 자신이 몰리는 상황에서는 파충류의 뇌와 똑같이 된다고 합니다. 파충류는 자기보다 큰 동물이 나타나면 자기 몸을 부풀려 크게 만들고 공격하려 하는데 그래도 큰 동물이 꼼짝하지 않으면 바로 꼬리를 감추고 도망을 가죠. 일반적으로 아내가 남편을 구석으로 몰아가듯 다그치면 남편은 화를 내거나 큰 소리로 변명을 하는 등 굽히지 않으려 하죠. 그래도 아내가 물러서지 않으면 "알았어!" 또는 "그만해!"하며 방으로 문 닫고 들어가거나 밖으로 나가버려요. 그래서 아내는 남편에게 말할 때 좀 더 현명해야 합니다. 차분하게 대화를 시도해 보세요.

◆남편과의 리얼 카톡

진정한 엄마 아빠로 ●

진정한 엄마 아빠로 ●

투정과 원망 섞인 말들로 카카오톡 채팅방이 도배되는 날.

갑자기 튀어나오는 징징거림에 지칠 법도 한데

남편의 반응은 덤덤하다.

'올 것이 왔구나.'하며 내 하소연을 잘 받아준다.

쏘는 화살을 맨몸으로 받아내며 군소리하지 않는 남편이다.

정신을 차리고 카톡에 남긴 말을 보면 '이거 완전 애가 쓴 글이다.'

정말 힘든 날은 내면의 아동 자아가 나타난다.

마음을 전달하는 방식이 세련되지 못할 때가 있지만

육아의 고충을 누구한테 털어놓으리.

육아의 의무를 함께하는 남편밖에 없다.

가장 가까이에서 내 상황을 잘 알고 이해해줄 수 있는 사람이 남편이다.

아내가 매일 철없는 아이처럼 행동하면 곤란하겠지만 가끔이라면 눈감아주자.

아내는 자신의 이야기를 잘 들어주는 것만으로도 힘이 난다.

토닥토닥

남편과 대화로 풀어보세요.

양육스트레스가 높을 때는 짜증이 나는 것이 당연하죠. 양육은 부모가 함께 한다는 차원에서 남편에게 그 화살이 가는 것도 당연한 일입니다. 먼저 '내가 지금 많이 지쳐있구나.'라고 인정하고 남편과 대화를 시도하려고 노력해야 합니다. 대화하지 않으면 참게 되고, 참는 것은 더 큰 스트레스로 쌓이게 됩니다. 남편에게 '나 힘들어. 나 도와줘.'라는 모호한 표현은 효과적이지 않을 때가 많습니다. 남편이 도와주었으면 하는 일들의 리스트를 작성해서 남편과 의논하고 함께 할 수 있는지에 대해 구체적으로 정하는 과정이 필요합니다. 리스트는 5가지 이하로 하고 잘 지켜지면 추가하는 것이 좋습니다. 또한 서로 노력한 부분에 대해 정서적 표현(고마워, 당신이 도와주니 한결 편해졌어. 당신에게 감사한 점이 많아.)을 하는 것도 조항에 포함하는 것이 좋습니다.

◆공동 육아의 시작(육아&가사 목록표)

퇴근 후 설거지만큼은 하고 자겠다고 말하지만
다음날 아침까지 그대로인 설거지거리.

설거지 안 하고 잤네?
피곤했겠지.
좋게 생각해야지.

남편을 이해하려 애써보지만 막상 일어나자마자
설거지를 하며 안 좋아지는 기분.

자기 전에 라면 끓여 먹고
게임은 하면서 설거지할 시간이
없다는 게 말이 돼?

어린이집에 보내야 하는 물병과 젖병만
아니었어도 내가 설거지 안 했어.

최소한 냄비랑 젓가락은
씻어 놓아야지.

울그락

불그락

5분이면 하는데
그걸 못 하고 자?

진정한 엄마 아빠로 ●

설거지 못 하고 자서
미안해요.
너무 피곤했어요.

늦게 일어난 남편은 본인 몸 챙기기 바쁘고
함께 출근하는 길 남편과 싸우기 싫어
못다 한 이야기는 '카톡'으로 보낸다고 말하고
엘리베이터를 나왔다.

미루기 대장 남편은 이번에도 짐작했으리라.
나의 침묵이 가져올 파장을... 언젠가 만들어야겠다고
마음먹은 '육아 가사 목록표'를 완성하여 '카톡 전송' 완료!

육아&가사 목록표

분류		담당자	1주	2주	3주	4주
청소	청소기 돌리기					
	청소기 먼지통 비우기					
	바닥 물걸레질하기					
	현관 바닥 먼지 치우기					
	이불개기 및 펴기					
	자동차 세차하기(주기적으로)					
	침구류 테이프로 먼지 제거하기 (주기적으로)					
	공기 청정기 필터 세척하기 (주기적으로)					
	선풍기와 에어컨 먼지 제거하기 (주기적으로)					
	세탁조 청소하기(주기적으로)					
화장실	욕조 닦기					
	변기 닦기					
	바닥 물 때 닦기					
	세면대 아래 머리카락 버리기					
	비데 필터 교환하기(주기적으로)					
쓰레기	휴지통에 있는 쓰레기 모아 버리기					
	분리수거용품 내놓기					
	음식물 쓰레기 버리기					
세탁	세탁기 돌리기					
	빨래 널기					
	빨래 개기, 옷 제자리에 정리하기					
	침구류 빨래(2주에 한 번)					
	커튼 빨래(주기적으로)					
	다림질					

장보기 & 냉장고 정리	생활용품 구매하기				
	요리 재료 구매하기				
	장 본 재료들 정리하기				
	유통기한 지난 것 버리기				
	냉장고 내부 닦기(2주에 한 번)				
요리	재료 손질하기				
	요리하기				
	숟가락과 젓가락, 그릇 놓기				
	밑반찬 꺼내기				
	밥, 반찬 담기				
설거지 및 주방관리	남은 음식 재료 정리하기				
	설거지하기				
	설거지 후 조리대 닦기				
	개수대 통에 낀 음식 버리기, 통 씻기				
	행주 빨기, 행주 널기				
	식기류 제자리에 정리하기				
육아용품 구매	아이 기저귀 구매(정기적으로)				
	아이 분유 및 우유 구매(정기적으로)				
	아이 옷과 신발 구매(정기적으로)				
	아이 보습제 구매(정기적으로)				
	아이 세정제 구매(정기적으로)				
	젖병 세정제 구매(정기적으로)				
육아	기저귀 갈기				
	수유하기				
	목욕시키기				
	로션 발라주기				
	젖병 씻고 소독하기				
	장난감 씻고 소독하기(정기적으로)				

	옷 갈아입히기					
	밥이랑 간식 만들기					
	밥이랑 간식 먹이기					
	재우기					
	자다 깨면 다독이기					
	울면 달래기					
	놀아주기					
	장난감 및 책 구매(정기적으로)					
	아이 발달사항 체크하기					
육아	예방접종하기					
	건강검진 예약하기					
	건강검진 받기(구강, 신체발달)					
	아플 때 수시로 소아과 데려가기					
	어린이집이나 유치원 대기 걸어두기					
	급할 때, 이모님이나 돌봄 서비스 신청하기					
	등원 준비물 챙기기, 아이 가방 정리하기					
	등원시키기					
	하원시키기					
	어린이집이나 유치원 행사 참석하기					
	가계부 작성					
	적금가입 및 보험금 처리					
	공과금 납부					
경제	각종 지방세, 자동차세, 재산세 납부					
	현금 인출하기					
	양가 부모님께 안부전화하기					
	양가 경조사 챙기기					

효율적인 업무 분담을 위해 '육아&가사 목록표'를 만들었다.

열심히 해도 티 안 나는 집안일과 말하지 않으면 힘든 줄 모르는 육아일을 남편에게 확실하게 알릴 수 있는 기회다. 목록표에 나온 육아&가사 일을 체크해가며 '나는 이렇게나 많은 일을 했지만 당신은 겨우 이것밖에 안 했어. 나만 고생하고 있다고!' 이렇게 남편에게 공격하면 괜히 언성이 높아져 싸움으로 번질 수도 있다. 고되었던 노동의 흔적은 이미 표가 말해주고 있다. 어쩌면 '이렇게 많은 일을 하고 있었는데 몰랐네요. 미안해요. 앞으로는 나도 적극적으로 참여할게요.'라는 사탕발린 말을 들을 수 있을지도.

표에서 체크한 부분을 보면서 많은 것을 한 내가 자랑스럽기도 하고 혼자 했음에 억울하기도 하다. 지금까지 그 가치를 제대로 인정받지 못했지만 앞으로가 중요하다. 일들을 최대한 잘게 쪼개어 목록으로 만들었으니 각자가 맡을 일을 정하면 된다. 부탁하면 도와주는 '아빠 육아'를 넘어 각자가 집안에서 해야 할 일을 맡아 그 역할을 충실히 소화해내는 '공동 육아'가 실현되면 좋겠다. 부부가 함께 한다면 업무 강도가 약해지고 책임감도 생기면서 서로를 더욱 이해하는 사이가 될 거라 믿는다.

토닥토닥

육아·가사 목록표를 만들어 담당자를 정해보세요.

맞벌이인 경우 육아와 가사는 분담해야 한다는 것을 두 사람 모두 당연하게 받아들여야 합니다. 남편에게는 모호한 표현보다는 구체적인 표현이 더 효과적입니다. 비록 완벽하게 지켜지지는 않아도 목록표를 작성하는 것은 도움이 됩니다. 함께 의논하여 목록을 작성한다면 동기가 더욱 생겨 적극적으로 참여할 수 있게 될 거예요.

◈ 우리집 최고의 '갑'

여왕님,
저는 당신의 영원한
'병'이 되겠습니다.

진정한 엄마 아빠로 ●

남편은 종종 나를 '갑'이라 부른다. 월급을 받으면 몽땅 내가 가져가고 자기는 용돈을 받으며 사니 경제권을 가진 아내가 '갑'이고 자신은 '을'도 아닌 '병'이라고 부른다.

생각해보면 남편에게 소파는 집에서 발 뻗고 누울 수 있는 유일한 공간이다. 마트에서 장 볼 때 먹고 싶은 과자가 있어 카트에 넣으면 왜 이런 걸 먹냐고 아내에게 한소리 듣고, 돌아다니면서 과자를 먹으면 부스러기 떨어지니 그릇을 받치고 먹으라는 잔소리를 듣는다.

휴가 때 여행의 목적지와 외식하는 장소 모두 아내가 짜 놓은 스케줄에 따라야 하고 꼬맹이와 관련된 옷과 간식, 장난감을 구매하기 전 아내에게 허락을 받는다. 아내가 싸움을 걸어오면 큰 싸움으로 번지는 것을 방지하기 위해 '짜증 내지 마요.'라는 말 대신 '앙탈 부리지 마요.'라고 이야기하고, 언어 폭격을 받으면 맞받아치지 않고 '또 심심해졌나 봐요.'라고 말한다. 집안일을 미루면 이 세상 최고의 게으름뱅이, 아프면 쓸모없는 남자가 되지만 묵묵히 받아들인다.

남편의 입장에서 '아내의 횡포'를 적어보니 자신을 '병'이라 부르는 표현이 그럴듯하다. 반대로 내 입장에서 '갑 남편의 행동'을 과장되게 묘사하면 내가 '병'이 될 수도 있지만 남편을 '갑'이라 부를만한 행동은 딱히 떠오르지 않는다. 그 이유는 남편 스스로가 서열 중에 최고 아래인 '병'이 되겠다고 자진했기 때문이다. 싸우다가도 먼저 미안하다고 하며 다가온다. '아내에게 져주면 가정의 평화가 찾아온다'는 게 남편의 철학이다. 그래서 굳이 이기려 들지 않는다. 최고의 자리를 지키려는 '갑'과 '갑'의 싸움은 서로 이기려 하므로 답을 도출할 수 없다.

부부 사이에 위, 아래 서열을 따지는 건 큰 의미가 없지만 서로가 서로에게 '서열 아래'가 되어주면 모든 일이 순조로워진다.

◈아빠 놀이터

남편이 꼬맹이와 노는 방법은 '그냥 논다'이다.
"떴다 떴다, 꼬맹이 비행기~ 날아라, 날아라~"

이불이 해먹이 되고 썰매가 된다.

진정한 엄마 아빠로 ●

꼬맹이가 '똑딱똑딱' 시계가 된다.

꼬맹이에게 처음 건넨 말이 "나를 먹어."
돼지 인형으로 놀아주라고 했더니

쉬면서 놀아주라고 했더니
꼬맹이에게 동영상 보여주고
자기는 게임하며 논다.

큰소리로
(혈압 오름) **남편**

꼬맹이 자세 좀 봐봐. 홍홍
치킨에 맥주 한잔하면서
영화 보는 거랑 똑같아.

꼬맹이 앞에 갖다 놓은
우유와 과자

진정한 엄마 아빠로 ●

저녁 10시가 되면 아빠 놀이터가 개장한다.

감성적이고 학습적인 엄마 놀이와 다르게 아빠는 온몸을 쓰는 신체놀이를 한다.

예측 불가능한 상황을 만들어내어 아이의 뇌를 자극시킨다.

누가 가르쳐주지 않아도 어느 집에나 한다는 아빠 놀이의 고전!

목마 태우기와 비행기 태우기는 꼬맹이가 정말 좋아하는 놀이다.

아빠와 함께라면 손과 발, 다리와 온몸이 행복해진다.

세상에서 가장 큰 까르르 소리를 들을 수 있다.

아빠는 재미를 충족시켜 주는 최고의 지상 놀이터다.

아빠 놀이터를 자주 개장해주세요.

어린 시기에 아빠가 놀이를 많이 해준 아이는 자라면서 사회성이 좋다는 연구결과는 이미 알려진 내용입니다. 특히, 남자아이의 경우 말보다는 몸으로 소통하는 경향이 있어요. 아빠와 하는 다소 거친 몸놀이는 이런 남자아이들의 소통을 이해하는 데 도움이 됩니다. 단, 2세 이전의 영아에게는 부드럽고 천천히 접근하는 것이 필요합니다.

5

∙∙∙

우리 엄마 아빠도
이랬겠지

아가야. 엄마는 너를 키우며 비로소 사랑하는 법과

감사할 수 있는 마음을 배웠어.

나를 성숙한 어른으로 이끌어주는 맑은 영혼아.

엄마는 늘 네 곁에 있을게. 언제까지나 영원히 사랑해.

◈ 평생 아이

엄마가 된 지금도

우리 아가,
피곤했구나.

엄마 앞에서는 '평생 아이'다.
꼬맹이가 커도 내 눈엔 어린아이로 보이겠지?

우리 아가,
피곤했구나.

우리 엄마 아빠도 이랬겠지 ●

"밥은 먹었니? 끼니 거르지 말고 잘 챙겨 먹어."

"컴퓨터 앞에 오래 앉아 있으면 눈 안 좋아지니까 쉬어가면서 해."

"가스 불 잘 끄고, 문단속 잘하고 자."

한 아이의 엄마가 되었지만 엄마의 잔소리는 어린아이 다루듯 늘 내 곁을 맴돌았다. 엄마는 다 큰 나를 아이 취급했다. 잘 지내는지 묻고 또 묻는 엄마는 딸이 다 컸어도 걱정되고, 몸이 떨어져 있어도 마음은 늘 자식을 따라다닌다고 했다. 예전이나 지금이나 내 눈에 엄마는 똑같은 '엄마', 엄마 눈에 나는 똑같은 '아이'인데, 세월은 엄마의 얼굴과 손에 가느다란 주름을 그려 넣었다. 나보다 몇 배나 강인하고 바지런했던 엄마는 내 아이보다 힘이 없고 느려지셨다. 오랜 시간 아이와 함께 걸어온 '엄마의 시간'이 끝났다.

엄마, 이제 나도 진짜 어른이 될 수 있을 것 같아. 품에서 옹알거리던 아이가 성인이 되었을 때 어떤 기분이었어? 엄마도 나처럼 그 시간이 천천히 왔으면 좋겠다고 생각했어? 어쩌면 그렇게 오랜 시간 나를 위해 살 수 있었어? 늘 내 곁에서 든든한 울타리가 되어주어 고마웠어. 이제 고된 걸음 멈추고 편하게 쉬어.

언젠가 꼬맹이가 크면 내가 그랬듯 나이 든 엄마를 바라볼 때 가슴 먹먹해지는 날이 오겠지. 어렸을 때는 빨리 자라 엄마의 그늘에서 벗어나고 싶었는데 어쩌면 어린애 취급받으며 오랫동안 '평생 아이'로 사는 게 행복할지도 몰라. 엄마에게 자식은 '평생 아이'지.

토닥토닥

삶을 지탱하게 하는 사랑의 힘.

아이를 키우는 궁극적인 목적은 '아이의 건강한 독립'이에요. 부모에게 더 이상 의존하지 않고 신체적, 정신적, 경제적으로 독립시키면 부모의 역할이 거의 끝난 것이죠. 그럼에도 불구하고 부모의 사랑은 생을 다할 때까지 아이의 자양분이 되어 그 사람을 지탱하게 해줍니다.

부모가 되지 않았다면

우리 엄마 아빠도 이랬겠지 ●

아이를 키우며 부모님의 마음을 헤아리게 된다. 부모가 되어 보니 부모가 베푸는 사랑의 고마움이 어떤 것인지 알겠다. 살아온 삶은 고단했지만 빛나는 기쁨, 웃음이 있었다. 삶은 연결되어 나 또한 같은 삶을 살고 있다. 내가 성장하는 사이 엄마, 아빠는 지긋한 나이가 되셨다.

"자식밖에 없어."

부모가 되지 않았다면 이 말이 와닿지 않았을 것이다. 나이가 들어 몸이 구부정해지고 여기저기 쑤시고 피부가 건조해지고 머리가 하얗게 되어도 자식을 사랑하는 부모의 마음은 변하지 않는다. 세월은 외모를 바꾸지만 마음은 바꿀 수 없다. 처음과 끝이 그대로인 사랑은 귀중하고 성스러운 진리다.

어떻게 부모님의 은혜에 보답할 수 있을까 고민하지 말고 시간이 있을 때마다 감사를 전하고 좀 더 많은 걸 함께할 수 있기를...
부모는 효를 바라지 않는다.

부모가 되어보니 알겠습니다.

부모가 되어 자식을 낳고, 사랑으로 기르고, 독립을 시키고, 믿음으로 지켜봐주며, 지지자가 되어주는 것. 그리고 그 자식은 또 그 자녀에게 이것을 이어서 해주는 것이 당연한 일입니다. 그렇지만 이러한 과정은 쉽게 이루어지지 않기 때문에 부단한 노력이 필요해요. 아마 우리의 부모님들도 그러셨을 거예요.

◆살아야 할 이유

엄마가 돌아가시기 두 달 전, 엄마의 몸속 장기는 제대로 작동하지 않았다. 다리는 코끼리처럼 단단하게 부어 걷기 힘든 상태가 되었고 폐에 복수가 차 숨쉬기 힘들어하셨다. 몸은 앙상한 나뭇가지처럼 뼈만 남고, 피부는 황달기가 와 노랗게 변했고 먹는 거라곤 국물 몇 숟가락이 전부였다. 야위어가는 엄마에게 내가 할 수 있는 거라곤 아플 때 참지 말고 진통제 꼭 먹으라는 당부뿐이었다.

한번은 엄마가 내게 물었다. "엄마가 아파도 계속 살아있으면 좋겠지? 누워 지내도 같이 있으면 좋겠지? 엄마가 할머니 돌아가셨을 때 그랬어." 말끝을 흐리며 눈시울을 붉히셨다. 엄마에게 전화해 건강상태를 물으면 "예전보다는 잘 먹지 못하지만 견딜만해." 딸이 걱정할까 봐 밝게 이야기하셨지만 목소리는 떨리고 힘이 없었다.

병실에 누워 의사 표현을 못하는 엄마에게 꼬맹이와 행복하게 지내는 소식만 전해드리고 '오늘이 고비'라는 의사 선생님의 통보에도 엄마 앞에서는 눈물 한 방울 떨어트리지 않고 "엄마 딸 잘 지내니까 아무 걱정할 필요 없어요."라고 씩씩하게 말했나. 엄마가 보지 않을 때는 눈물을 소나기처럼 쏟았지만 엄마 얼굴과 마주할 때는 환하게 웃으려고 노력했다. '사랑해요.'라고 말하지 않으면 엄마가 떠난 후 후회될까 봐 엄마가 의식이 있는 며칠간은 계속 사랑한다고 말했다.

엄마가 떠난 후 할머니를 찾는 꼬맹이에게 "할머니가 가꾸던 텃밭에 꽃을 심으면 꽃처럼 고왔던 할머니가 나비가 되어 날아 올거야. 꼬맹이를 목욕시켜 주고 분유도 타 준 할머니가 꼬맹이 보고 싶어서 꼭 찾아 올 거야."라고 말했다.

"꽃과 나무를 많이 심고 싶어. 특히 장미꽃." 엄마는 작은 텃밭을 꽃밭으로 만들고 싶어 했다.

사람은 언젠가 죽지만 소망을 가지는 삶은 의미 있다. 내가 살아야 할 이유는 꼬맹이를 키우며 할머니의 흔적을 알려주고 혼자되신 아빠 곁을 지키기 위해서다. 엄마, 아빠라는 존재가 그렇듯 사람은 살아있음으로 누군가에게 위안이 된다. 우리는 위로해주는 누군가가 있음으로 살아갈 수 있다. 살아있어야 사랑을 할 수 있고 살아가면서 사랑의 대상을 품는다.

'엄마'
그 이름 두 글자가 남긴 흔적은 '사랑'이다.

토닥토닥

모든 만남 뒤에 이별이 있습니다.

부모님의 죽음은 누구나 겪어야 할 일이어서 예측 가능한 일이지만 그 누구도 미리 준비할 수 없고 담담해질 수 없는 일입니다. 평소에 충분히 사랑을 표현한다면 부모님도, 자식도 그 과정을 잘 극복해낼 수 있어요. 충분히 애도의 과정을 보내는 것이 중요합니다.

우리 딸.
귀염둥이~ 둥가 둥가~

호로록~ 냠냠.

엄마한테 뽀뽀. 쪽~

우리 엄마 아빠도 이랬겠지 ●

딸 졸업 축하해~

꼬맹이 보니까 딸 키울 때 생각나~

우리 엄마 아빠도 이랬겠지 ●

우리 딸, 이쁘다.

엄마의 마지막 말.

우리 엄마 아빠도 이랬겠지 ●

내가 웃을 때 나보다 더 기뻐하고
내가 울 때 나보다 더 슬퍼하던 엄마.
내가 아플 때 가슴으로 아파하고
아무것도 아닌 일에 칭찬해주던 엄마.
잘 지내고 있는지 늘 궁금해 하고 걱정해주던 엄마.
오랜만의 안부 전화에 소녀같이 재잘거리던 엄마.
같이 밥 먹고 예쁜 옷 보러 가면 눈을 반짝이며 좋아하던 엄마.
늘 내 편이 되어 주고 작은 선물에도 행복해하던 엄마.

"우리 딸, 이쁘다."
엄마의 마지막 말이다.

우리 엄마 아빠도 이랬겠지 ●

가끔 그리움이 폭발하는 날이면 그냥 멍하게 앉아 있는다.

아주 슬프거나 아주 기쁜 일이 생길 때 엄마 생각이 많이 난다.

엄마가 살아계셨으면 얼마나 좋을까.

아직도 "엄마~" 하고 부르면 "응." 하고 반갑게 대답할 것만 같다.

엄마의 목소리, 체온, 숨결, 모든 게 그립다.

꼬맹이에게 먹일 된장찌개를 만들며 엄마가 끓여주셨던 된장찌개가 먹고 싶어 눈물을 삼킨다.

그래도 다행인 건 내게 엄마가 있었고, 어떤 것과도 비교할 수 없는 충분한 사랑을 받았다는 것.

엄마를 일찍 데려간 신께 여전히 감사할 수 있다는 것이다.

세상에서 해야 할 일을 다 끝내면 엄마를 만날 그날이 꼭 있으리라.

다시 만나면 꼭 껴안고 사랑한다고 말해야지.

담대하고 씩씩하게 지내야 엄마가 걱정하지 않을 테니 잘 견뎌내야지.

토닥토닥

엄마가 그려준 마음의 지도를 펼쳐보세요.

어릴 때 부모님이 나에게 해주었던 다양한 접촉(감각적인, 정서적인)은 우리 마음에 변하지 않는 지도를 하나 그립니다. 엄마의 손길, 눈빛, 냄새, 목소리, 사랑한다는 말 등등 그것을 통해 엄마의 사랑이 마음에 새겨지는 것이죠. 그러면 엄마가 없을 때 한 가지만 떠올려도 엄마의 사랑이 느껴집니다.

◆ 나의 영원한 슈퍼맨

나의 영원한 슈퍼맨, 아빠.

우리 엄마 아빠도 이랬겠지 ●

이젠 제가 힘이 되어드릴게요.
사랑합니다.

무슨 일이 있을 때마다 엄마를 먼저 찾았고, 아빠 소식은 엄마를 통해 접했다.

엄마처럼 살가운 대화를 많이 주고받은 적이 별로 없어서 무뚝뚝한 줄만 알았던 아빠에게서 결혼식을 앞두고 받은 손편지는 뜻밖이었다.

편지는 벚꽃이 흐드러지게 피는 봄날. 딸을 시집보내려니 마음이 무겁다는 내용이었다.

딸의 결혼을 축하하지만 한편으로 못내 아쉬우셨던 모양이다.

아기 낳고 걸려온 아빠의 전화에 눈물이 쏟아졌다.

"고생했어. 우리 딸. 엄마가 된 걸 축하해."

아빠는 출산한 딸이 걱정되어 손주보다 딸을 먼저 보러 오셨다.

평소에 감정을 잘 드러내지 않으시지만

가끔 던지는 말이 가슴을 울릴 때가 있다.

"우리 딸 클 때 장난감도 제대로 못 사줬네…."

"간편식 택배 잘 받았다. 주문한 사이트 알려주면 아빠가 주문할 테니까 돈 쓰지 마라."

"엄마 먼저 보내고, 딸이 아빠 건강까지 챙기느라 고생이 많다. 늙은 아빠인 게 한없이 미안하구나."

"하부지의 소원은 꼬맹이 커가는 모습 보며 사는 거다. 가끔 그렇게 사진과 동영상 올려줘라."

"꼬맹이가 나에겐 큰 힘이 되는구나. 꼬맹아. 엄마 힘들게 하지 마라."

우리 엄마 아빠도 이랬겠지 ●

엄마를 먼저 보낸 아빠는 자기까지 아프면 안 된다고 하시면서 건강검진을 꾸준히 받으신다. 아빠가 오래도록 곁에 있었으면 좋겠다. 이제부터라도 아빠에게 전화로 소소한 일상을 이야기하는 수다쟁이 딸이 되어야지. 손주 크는 모습을 보시며 추억을 쌓으실 수 있도록 자주 찾아뵈어야지.

"아빠, 평생 내 힘이 되어주셨던 것처럼 이젠 제가 아빠의 힘이 되어드릴게요. 사랑합니다."

토닥토닥

자주 연락하여 사소한 소식이라도 전하세요.

엄마는 안전기지의 역할을 세심하게 하고 아빠는 엄마와 아이가 맘껏 지낼 수 있는 커다란 울타리의 역할을 합니다. 예전에는 성역할이 나뉘어 대부분의 아빠들은 마음과 달리 소통의 방법을 잘 모르시는 경우가 많으실 거예요. 먼저 사랑을 표현하고 자주 찾아뵙는 것이 최고의 효도입니다.

Epilogue

꼬맹이 어머니는
어떤 일 하세요?

그림을 그리는
'뽀얀 작가'에요.

뭐 좋아하세요?

예쁜 것이라면 뭐든 좋아요.

무슨 색을 좋아하세요?

바다를 닮은
푸른색을 좋아해요.

앞으로 뭘 하고
싶으세요?

바이올린 악기를
배우고 싶어요.

세상의 모든 엄마는 예쁘다 ●

나는 기억하고 있다.
아이였을 적, 사춘기를 지나 20대였을 적,
아내가 되고 엄마가 되었을 적에도 예쁜 걸 좋아하는 '여자'라는 것을.

우리는 잊지 않고 있다. 흘러가는 시간의 위력 앞에서도
우리의 꿈이 생생하게 살아 있음을.

어떤 삶을 꿈꾸든 행복한 꿈에 좀 더 가까워지기를
일곱 빛깔 무지개가 항상 그대의 어깨를 만져주기를
엄마이기 전에 여자인 당신, 참 예쁘다.

- 뽀얀 그리고 쓰다.

세상의 모든 엄마는 예쁘다

초판 1쇄 인쇄 2021년 3월 10일
초판 1쇄 발행 2021년 3월 10일

지은이 뽀얀(김은혜)
펴낸이 정용수

사업총괄 장충상 본부장 윤석오 기획 블루기획 책임편집 김정미
표지일러스트 뽀얀
영업·마케팅 윤석오
제작 김동명 관리 윤지연

펴낸곳 ㈜예문아카이브
출판등록 2016년 8월 8일 제2016-000240호
주소 서울시 마포구 동교로18길 10 2층(서교동 465-4)
문의전화 02-2038-3372 주문전화 031-955-0550 팩스 031-955-0660
이메일 archive.rights@gmail.com 홈페이지 ymarchive.com
블로그 blog.naver.com/yeamoonsa3 인스타그램 yeamoon.arv

ISBN 979-11-6386-065-5 03810